LEÇONS

DU CITOYEN

ALPHONSE LEROY,

SUR

LES PERTES DE SANG,

Pendant la Grossesse, lors et à la suite de l'Accouchement ;

SUR

LES FAUSSES COUCHES,

ET SUR

TOUTES LES HÉMORRHAGIES:

Recueillies par le Cit. **LOBSTEIN**, *membre de la Société médicale de Paris, membre de la Société d'instruction médicale, etc. ; Accoucheur adjoint de l'Hospice civil de Strasbourg.*

A PARIS,

CHEZ LA Ve PANCKOUCKE, IMPRIMEUR-LIBRAIRE, rue de Grenelle, F. G., N° 321, en face de la rue des Pères.

AN IX.

AVERTISSEMENT.

Il vient de paraître une traduction de l'ouvrage de *Pasta*, sur les pertes de sang, par le citoyen *Alibert*, savant très-distingué. Ce traité de Pasta, en deux volumes, contient une foule immense de notes. Néanmoins cet ouvrage m'a paru encore très-insuffisant pour ceux qui veulent pratiquer l'art de guérir; on y trouve trop peu d'ordre; trop de matières étrangères à l'objet; une incertitude sur les points capitaux de pratique, propre à plonger ou dans l'erreur ou dans des perplexités funestes. On n'y trouve que très-peu de ces principes théoriques et féconds, qui suivent la recherche des causes et d'où découlent les moyens d'appliquer l'art dans tous les cas imprévus. On n'y trouve rien sur les hémorrhagies qui arrivent hors le tems de la grossesse; tandis qu'ici, en moins d'espace, il est traité de plus de matières et avec plus d'étendue, parce que rien d'étranger à l'objet n'y est présenté.

Les leçons que je publie ici, offrent de la clarté, de la méthode, des bases fixes, une théorie fondée, sur l'organisation, fondée sur le développement de la matrice par l'état de grossesse, sur le mécanisme de la formation des enveloppes de l'enfant, sur les rapports de ces différentes parties entre elles. Cet objet des recherches de nombre de savans, peut aujourd'hui, mieux connu, éclairer une pratique que l'observation a justifiée, et donner l'art de faire une juste application des moyens curatifs. Ces leçons offrent donc des bases, des principes qui bien saisis, donnent les moyens de remédier à toutes les circonstances les plus imprévues : en sorte que, d'après la lecture de cet ouvrage, on restera convaincu qu'on peut espérer de sauver toutes les femmes dans des circonstances qui souvent leur sont funestes.

Je suis persuadé que cet ouvrage peut guider, dans les cas les plus difficiles, les Praticiens même consommés, puisqu'il est le résultat de l'enseignement et de l'expérience d'un Praticien consommé lui-même. Il peut encore, par sa clarté, indiquer l'art aux étudians en médecine, et même aux sages-femmes ; c'est ici un nouveau développement de la théorie des pertes de sang qui rendra l'art triomphant dans les circonstances même les plus alarmantes.

J'ai donc cru que ce travail serait véritablement utile à l'humanité.

Les pertes pendant la grossesse, pendant l'accouchement et à sa suite, et dans les autres tems de la vie ; ces pertes qui étaient l'effroi des plus célèbres Praticiens, peuvent donc aujourd'hui fournir à l'art de nouveaux sujets de triomphe.

Cet Ouvrage enseignera non-seulement à remédier aux pertes, aux hémorrhagies, mais ce qui est plus précieux encore, à les prévoir, et très-souvent à les éviter.

LEÇONS
DU C. ALPHONSE LEROY,
SUR
LES PERTES DE SANG, etc.

Des Règles excessives et des pertes de sang qui arrivent aux vierges avant le mariage.

LORSQUE les règles sont excessives dans les jeunes filles, et qu'elles sont presque des pertes, ce qui est rare, mais néanmoins ce qu'on rencontre quelquefois, il est important d'y faire attention pour y remédier, parce que si l'on néglige ces circonstances, la matrice perd son ressort, et la stérilité peut en être le résultat. D'ailleurs si la fille sujette à ces accidens se marie et qu'elle devienne grosse, elle sera plus exposée à des pertes ou à des fausses couches. Comme l'a très-bien remarqué Hippocrate, des règles excessives et qui ressemblent à des pertes, rendent les femmes sujettes à beaucoup de maladies, et font chez elles une espèce de cachexie.

Rien de si variable que la quantité de sang que rendent différentes femmes dans le même climat, et que cette même quantité sous différens climats. Les femmes, dans les climats chauds, sont excessivement sanguines, elles le sont peu dans les climats froids. Freind estimait à vingt onces la quantité de sang que rendent les femmes. Haller l'a estimée de six à huit onces, et j'ai apprécié plus justement cette quantité de sang, en pesant les linges. Je crois que la femme la plus sanguine ne rend pas plus de huit à dix onces de sang. Cela va ordinairement de deux à trois onces.

Mais si une jeune fille a des règles qui aillent de huit à dix onces, si son estomac en est fatigué, si elle éprouve de la lassitude, de la douleur aux articulations, qu'enfin, après avoir observé l'effet de ses règles, il paraisse que leur abondance lui soit nuisible, on doit s'occuper des moyens de les modérer. Si, pour avoir mis ses mains dans l'eau, pour avoir eu quelque frayeur, elle éprouve une perte de sang, il importe de tâcher de donner à la matrice plus de ressort, sans quoi cette jeune personne, dans d'autres tems de sa vie, sera exposée, pour la moindre cause, aux altérations de cette sécrétion; et mariée, elle éprouvera ou des fausses couches, ou des pertes après ses couches.

C'est ce qui me fait ici traiter de ces sortes de pertes, parce que la prévoyance exige qu'on s'en occupe, pour n'avoir pas à traiter les autres dans le reste de la vie.

Il est d'ailleurs fâcheux, pour la santé des femmes, que la matrice soit dans une aussi grande correspondance avec tout le reste de l'économie, parce qu'alors elle devient le centre d'un trop grand nombre de sensations; ce qui peut entraîner, pour cet organe, beaucoup d'accidens fâcheux dans toutes les circonstances de la vie.

J'ai souvent arrêté ces règles excessives, et les ai réduites en un état ordinaire, en donnant aux femmes un vomitif plusieurs fois réitéré, et à la suite, une potion calmante et narcotique, pour porter à la transpiration insensible.

Le succès répond quelquefois à tout ce qu'on peut attendre du kinkina, s'il est donné en décoction en un petit verre d'eau, à la dose de deux gros: on le prend froid, après l'avoir fait bouillir, comme on ferait une petite tasse de café; on le prend avant le repas, et on en continue l'usage pendant un mois ou deux; on y revient de tems en tems.

D'autres fois, j'ai conseillé, avec beaucoup de succès, de prendre tous les jours douze à quinze grains de colophane entre deux émincées de mie de pain dans du bouillon : on prend ce remède cinq à six jours avant l'époque des règles, et on le continue tous les jours, jusqu'à ce qu'elles arrivent; ce qui se réitère pendant plusieurs mois, jusqu'à ce que les règles soient modérées.

Comme les remèdes âcres excitent des règles abondantes, il faut, dans ce cas, que les alimens soient doux et fréquemment mucilagineux.

Il faut observer ici que si ces règles sont le produit d'une fibre relâchée, ou d'un excès d'irritation, laquelle rend la bile âcre et le sang trop fluide, on a des indications différentes à remplir, et l'on doit user de moyens différens.

Il faut encore purger de tems en tems, et employer les moyens propres à détourner la fluxion sanguine qui se porte trop abondamment sur la matrice. Enfin il faut porter la détermination d'action vers d'autres organes. Faire d'autres sécrétions plus abondantes.

Des pertes de sang, soit internes, soit externes, qui sont l'effet de la conception. — Moyen de prévenir ou de remédier à cet accident quelquefois funeste.

C'est avec le sang que la nature accomplit toutes les merveilles de ses opérations dans notre économie : c'est au moyen du sang que, dans notre espèce, se fait la reproduction.

La menstruation des femmes est l'effet d'un engorgement sanguin que la nature porte tous les mois vers la matrice ; ce même engorgement de sang, la nature le fait également dans toutes les femelles des quadrupèdes lorsqu'elles entrent en chaleur ; c'est-à-dire, lorsque la nature les dispose à se reproduire.

Tous les animaux qu'on ouvre à cette époque offrent toutes les parties de la génération, et surtout les trompes, les ovaires et la matrice engorgés de sang.

Le desir de se reproduire engorge aussi de sang, gonfle de sang, les parties naturelles des mâles comme celles de la femelle ; et cet engorgement produit de la chaleur, laquelle, à son tour, appelle l'élément nerveux, qui se dissout en cette chaleur qui a une affinité spéciale avec le sang.

Lorsque l'on a acquis l'habitude du toucher de l'orifice de la matrice chez les femmes, on reconnaît quelquefois, à sa chaleur, que les règles sont très-prochaines.

La menstruation s'opère par une expression de sang, par l'effet du resserrement de la matrice, laquelle, entre deux plans musculaires, contient un tissu spongieux qui est tout rempli de sang. Mais dans l'intérieur même de la matrice, est une membrane lâche, spongieuse, et très-disposée à se gorger de plus de sang, en raison de sa laxité, qu'aucune autre partie; cette membrane, engorgée de sang, produit les règles par l'effet de la contraction tonique de la matrice. Cette excitation de sang devient favorable à l'absorption et à la conception, laquelle, d'après tous les faits qu'on a recueillis et rassemblés, s'opère comme nous allons l'indiquer.

Lorsque le sang et le calorique ont gonflé les ovaires, et que l'élément de la vie, qui adhère particulièrement aux nerfs, a encore augmenté ce gonflement de l'ovaire, alors il s'en détache une portioncule nerveuse. L'effort sanguin de l'ovaire la rejette au dehors, après avoir déchiré la membrane extérieure de l'ovaire. C'est là le germe. C'est une extrémité de nerf. Ce nerf est reçu dans l'ouverture de la trompe, qui s'adapte à cet effet sur l'ovaire. Ce germe est renfermé en une vésicule.

Ce germe détaché de l'ovaire, reçu dans la trompe, ou dans les trompes, quand les deux côtés ont été imprégnés, les parcourt et descend enfin dans la matrice. Tous les faits qu'on a rassemblés prouvent que c'est ainsi que se passe la génération. Notre opinion diffère des autres, en cela que nous croyons que le germe, premier rudiment du fœtus, n'est point une liqueur, mais un solide nerveux enfermé en une vésicule appelée amnios.

L'élément nerveux de la mère, ainsi que son sang, et l'élément renfermé dans la semence du mâle, développent ce germe; il devient propre à absorber une nourriture spéciale qui, elle-même, dans ces premiers tems, est presque un élément.

Lorsque ce germe est arrivé dans la trompe, il y excite une action qui produit une sécrétion nécessaire à son accroissement. Ce germe est naturellement enveloppé d'une membrane, appelée amnios, par laquelle il prend sa nourriture, laquelle lui est fournie par une sécrétion du sang.

Pendant le tems que cet œuf ou ce germe enveloppé parcourt la trompe pour descendre dans la matrice, la femme éprouve quelques douleurs dans la région hypogastrique inférieure, du côté où s'est fait la conception. Pour les médecins observateurs en ce genre, ces petites coliques sont les signes que la femme a conçu.

C'est donc avec du sang, comme on le voit, que la nature accomplit la réproduction, et c'est par son excès de richesse que la nature se détruit souvent elle-même. Cette énergie sanguine, nécessaire à ses opérations de réproduction, cette énergie même, quelquefois les détruit, lorsqu'elle est trop considérable.

Aussi, dans les animaux que nous avons rendus domestiques pour nous servir et nous nourrir, telle que la vache, par exemple, il faut quelquefois, pour qu'elle conserve la conception, la saigner peu après qu'elle a été saillie par le taureau.

Dans les animaux sauvages, cet état sanguin n'existe pas autant que dans l'état de domesticité; mais aussi leur élément nerveux est bien plus énergique. En eux la diminution de la pléthore sanguine est compensée par la pléthore nerveuse.

On conçoit, d'après ce que nous venons de dire, comment la conception, chez quelques femmes excessivement sanguines et que leur organisation vasculaire dispose à la pléthore, comment, dis-je, la conception chez elles produit une excitation sanguine, qui, chez quelques-unes, accable et détruit l'organisation du germe. Mais chez d'autres, cette excitation sanguine produit seulement des engorgemens sanguins, des tumeurs sanguines dans les parties externes de la génération, et surtout dans les grandes lèvres.

On voit alors cette même turgescence et l'impétuosité du sang vers ces parties, devenir quelquefois si considérable, qu'elle produit un gonflement anévrysmatique ou variqueux dans le tissu pampiniforme des vaisseaux du ligament large qui se rendent à la trompe et à l'ovaire ; et j'ai vu quelquefois des accidens funestes, la mort même, être la suite d'une conception qui avait produit ces effets. Les vaisseaux anévrysmatiques et variqueux s'étaient crevés, et j'ai trouvé, à l'ouverture du cadavre, un épanchement de sang dans le bas-ventre.

Lorsqu'il n'y a qu'un engorgement sanguin dans les grandes lèvres, alors des sangsues appliquées à cette partie, des bains, des cataplasmes émolliens sur le bas-ventre, ont suffi pour rétablir l'ordre, conserver même le produit de la conception, et dissiper les accidens nerveux et spasmodiques extraordinaires qui s'étaient manifestés.

Je pourrais citer ici plusieurs observations de ce genre, qui prouveraient que ces sortes de pertes ont été quelquefois funestes aux femmes; j'en ai, entre autres. deux exemples frappans : deux femmes excessivement sanguines, moururent, sans qu'on en pût déterminer la cause, et moururent peu de jours après leur mariage. Elles avaient été mariées à l'approche de leurs règles, qui étaient ordinairement excessives; quelques signes avaient annoncé qu'elles avaient conçu. Je trouvai, à l'ouverture du cadavre, chez l'une et chez l'autre, un épanchement de sang considérable dans le bas-ventre, les ligamens larges crevés, et le pavillon de la trompe collé sur l'ovaire droit.

Si ces femmes n'eussent été mariées qu'après l'écoulement de leurs règles, ou qu'elles eussent été saignées quelques jours avant leur mariage ou après avoir conçu, cet accident fatal ne fût pas arrivé.

De pareils événemens m'ont mis, depuis, en garde contre tous les engorgemens sanguins qui sont l'effet de la conception, ainsi que contre les pertes qui arrivent à cette époque.

S'il arrive des pertes de sang à l'époque des règles, ou qu'elles soient compliquées avec quelques-uns des accidens qui indiquent qu'une femme a conçu, souvent le produit de la conception est détruit quelques jours après avoir été formé ou immédiatement après.

Les Médecins peu livrés à l'étude spéciale des effets de la conception, n'attribuent pas ces pertes à leur véritable cause ; ils donnent quelquefois des remèdes contraires, même jusqu'à des astringens. Pendant cet intervalle, la pléthore et l'abondance de sang détruisent l'effet de la conception, et toute l'économie se ressent de ce désordre.

C'est surtout dans les villes, et pour les femmes excessivement sanguines, qu'il faut faire attention aux causes de pertes que j'expose ici. La pléthore sanguine est moins considérable dans les campagnes ; la quantité d'air et la salubrité de celui qu'on y respire, ainsi que les alimens, donnent une autre manière d'être à l'économie.

Quand on aura bien observé la marche de la

nature et les effets que je décris dans la conception, alors plus instruits sur les causes, il sera facile aux Médecins de remédier aux effets.

Voici comme, à ce sujet, je me suis exprimé dans mon ouvrage intitulé : *Essai sur l'histoire de la Grossesse*, *page* 30 :

„ L'imprégnation cause dans la matrice, une „ irritation, un spasme qui amènent en cet organe „ un engorgement de sang et de lymphe. Le fond „ de ce viscère devient alors mol, et son relâche- „ ment laisse les artères, qui ne sont plus compri- „ mées, apporter en abondance du sang dans le „ tissu spongieux, et même à telle quantité quel- „ quefois, qu'il en résulte une perte ; chez cer- „ taines femmes, la perte est même l'annonce de „ la conception. Le col est chaud comme à l'é- „ poque des règles. Alors, selon que le spasme ou „ l'engorgement sanguin prédomine, on voit di- „ vers phénomènes.

„ C'est d'après ces observations que j'ai donné „ des conseils qui ont conservé ou ont établi la „ fécondité chez des femmes qui se croyaient af- „ fligées de stérilité. Il y a trois tems pour l'im- „ prégnation : avant, au milieu et après les règles ; „ mais elle se passe surtout après leur époque. „ Chez quelques femmes excessivement sanguines, „ à chaque imprégnation, le sang détruit le travail „ de la nature.

„ On peut alors, par la saignée pratiquée peu „ après la conception, (comme l'expérience m'a appris pour quelques animaux qui vivent en société avec l'homme, et le soulagent dans ses travaux) „ dissiper la prétendue stérilité ; j'y suis parvenu „ quelquefois, et j'ai assuré la fécondité que j'avais

„ jugée souvent établie, mais rapidement dis-
„ sipée.

„ C'est surtout dans les grandes villes que ce „ moyen est quelquefois nécessaire. Eh ! l'on ose „ y révoquer en doute l'utilité de la Médecine, „ sans observer que c'est surtout dans les grandes „ villes que son empire doit lutter contre les dé- „ sordres qui amènent dans les constitutions, „ l'altération des générations. C'est là que le défaut „ d'air, la nourriture abondante, le luxe et les „ affections morales, produisent une foule de dé- „ sordres dans la santé. „

Des pertes qui arrivent dans les trois premiers mois de la grossesse.—De la nécessité de considérer la végétation de la membrane interne de la matrice. Danger de ces pertes et des fausses couches : moyen d'y remédier.

Nous avons parlé des pertes qui peuvent arriver dans les premières semaines de la conception; nous allons traiter de celles qui arrivent depuis le premier jusqu'au troisième mois de la grossesse. Ces pertes mettent souvent les femmes dans le plus grand danger, et nous allons voir ci-après les circonstances où elles peuvent même devenir mortelles.

Il est impossible de remédier et de donner tous les secours que la science et l'art peuvent offrir, si l'on ne connaît pas bien le mécanisme de la végétation du fœtus, celle surtout de ses enveloppes, ainsi que le mécanisme du développement de la matrice.

A cette première époque, le fœtus et son amnios

peuvent sortir de la matrice, et les autres enveloppes du fœtus ne sont rendues qu'après plusieurs jours, quelquefois même après plusieurs mois. D'autres fois il ne sort qu'une masse charnue très-dure, laquelle bien observée, indique tantôt qu'il a existé conception, tantôt qu'il n'en a pas existé; d'autres fois le fœtus sort avec ses deux enveloppes. Dans presque toutes ces circonstances, la femme éprouve une perte qui peut la mettre en danger de perdre la vie.

Mais c'est un autre danger, quelquefois plus grand encore, quand la femme expulse sans perte le fœtus et ses enveloppes.

On ne peut bien juger de tous ces accidens, qu'en sachant quel est le mécanisme des développemens du fœtus, du placenta et de la matrice.

La grossesse produit un engorgement sanguin dans la matrice, mais surtout dans la membrane qui la tapisse à l'intérieur; cette membrane était bien connue de Ruysch; il l'appelait sucqueuse, spongieuse: Hunter en a bien aperçu tous les usages; il l'appelle membrane réflechie, parce qu'elle est composée de deux lames qui se réfléchissent sur elles-mêmes; ou membrane caduque, parce que cette membrane qui, avant la grossesse, appartenait à la matrice, insensiblement s'en détache, s'en sépare, et appartient de plus en plus au fœtus. Lors de l'accouchement, elle sort avec le fœtus, ce qui lui a fait donner le nom de caduque.

Cette membrane, comme on le voit, a mérité la plus grande attention des plus célèbres Anatomistes et Accoucheurs, et l'expérience m'a démontré combien leurs observations étaient importantes.

Nous avons vu cette membrane s'engorger tous les mois, exprimer du sang, c'est celui des règles.

Cet engorgement devient bien plus considérable par l'effet de la conception. Cette membrane fait portion de la matrice ; c'est un épiderme intérieur tout spongieux ; c'est une espèce de tégument interne qui se tuméfie de sang. Le fœtus vient dans cette membrane tuméfiée pomper, par son amnios, sa nourriture, y projeter des racines, comme dans un sol qui lui est propre. Cette membrane spongieuse, qui dans les premiers mois de la grossesse est toute charnue, s'attache à l'enveloppe du fœtus, lui devient propre et alors demeure d'autant moins portion de la matrice ; elle va s'amincissant en bas, et sur la fin de la grossesse, elle sort en membrane qui appartient au placenta. Elle est donc passée cette membrane interne du département de la matrice à celui du fœtus.

On sent à présent que, quand cette membrane dans le premier tems de la grossesse, lorsqu'elle appartient à la matrice, et qu'elle est engorgée au point d'être spongieuse et charnue, on sent, dis-je, que si cette membrane spongieuse et charnue, quand elle est du département de la matrice, vient à se déchirer, c'est comme si la matrice se déchirait elle-même, parce qu'alors cette membrane reçoit une grande abondance de sang.

La matrice des autres animaux quadrupèdes n'étant pas aussi spongieuse et aussi sanguine, n'est pas sujette à ces sortes de pertes, dans les premiers tems de la conception.

La membrane du fœtus, dans les deux premiers mois, adhère peu à cette membrane interne, qui, alors, fait partie de la matrice et qui est charnue par sanguinolence. Le fœtus alors sort-il de la matrice, il est enveloppé seulement de son amnios, tandi que, sur la fin de la grossesse, cette membrane n'appartenant plus à la matrice, n'étant plus sanguinolente, n'étant que membrane appartenante alors à l'amnios de l'enfant, peut se détacher de la matrice, sans aucune effusion de sang, excepté dans la partie qui constitue le placenta.

Lorsque lefœtus est sorti dans les premiers mois, et qu'il a laissé dans l'intérieur cette membrane, le sang qui continue de s'y porter, sans éprouver l'obstacle que lui offrait le fœtus, continue de faire végéter en ce moment cette membrane pendant encore un ou deux mois; mais enfin la matrice tend à se débarrasser de ce corps devenu de plus en plus étranger, et comme elle communiquait à lui par une grande abondance de sang, elle s'en sépare par une énorme effusion de sang.

Mais si cette membrane ne se détache qu'en partie de la matrice, si le sang qui surcharge à la fois et la matrice et cette membrane spongieuse, ne s'évacue pas après la sortie du fœtus et qu'elle cesse de végéter, alors elle peut se putréfier, et dans ce cas, cette putréfaction produit dans l'économie une maladie mortelle.

C'est donc un accident très-grave, qu'une déchirure de cette membrane interne, qu'un avortement aux époques dont nous traitons. — Y a-t-il une perte? elle peut devenir mortelle. — N'y en n'a-t-il pas? il peut en résulter un désordre universel, une fièvre maligne, une inflammation qui se propage au foie, enfin la mort.

J'ai vu ces deux cas différens, et parmi mes nombreuses observations, j'en vais citer deux.

Une coëffeuse, grosse de six semaines, se blessa en levant seulement les bras pour coëffer; il survint une perte considérable, le fœtus sortit seul., j'employai tous les remèdes connus et le tampon à l'orifice de la matrice; alors l'hémorrhagie revenait ou par le nez, ou par l'estomac, ou par le poumon, ce qui produisait vomissement ou crachement de sang; en vain on lui donna les plus forts astringens. L'alun, la noix de galle, l'eau de Rabel, ni les ligatures, ni la glace ne furent négligées. Je m'associai pour la traiter le célèbre Bordeu ; ce fut en vain que pendant quinze jours tout fut employé à l'intérieur , à l'extérieur, rien ne réussit; elle mourut d'hémorrhagie.

L'ouverture du cadavre nous offrit toute la membrane interne de la matrice, spongieuse, charnue, épaisse d'un demi-doigt, et déchirée dans l'étendue de deux pouces, dans le côté droit de la matrice.

Une autre femme avait fait à deux mois et demi, une fausse couche; le fœtus seul était sorti enveloppé de son amnios; la matrice avait fait quelques efforts pour expulser le placenta : l'orifice s'était resserré ; il s'établit putréfaction. Je tentai d'y remédier par des injections d'abord émollientes, puis après anti-septiques ; il ne s'était pas écoulé une goutte de sang ; mais le foie s'engorgea. La femme périt de la fonte et de la suppuration du foie.

Je crois qu'aujourd'hui, mieux instruit, je pourrais sauver ces deux femmes, quoiqu'alors les plus habiles médecins n'en aient pas trouvé, plus que moi, les moyens.

Quant à la première, je ne balancerais pas d'injecter dans la matrice des spiritueux tels que l'esprit de vin; en même tems, je donnerais et réitérerais plusieurs fois des vomitifs, de douze heures en douze heures, parce qu'il est d'observation que tous les muscles creux étant en correspondance les uns avec les autres, par le grand sympathique, en stimulant ainsi l'estomac, et à plusieurs fois, et stimulant la matrice, elle se fût contractée ; elle se fût séparée de sa membrane ; ce vomitif eût déterminé à la périphérie, et un narcotique à sa suite, eût secondé cette détermination.

Quant à la seconde femme qui n'avait pas eu de perte, je ne balancerais pas aujourd'hui à faire une évacuation de sang par les sangsues ou par la saignée du pied ; car je suis persuadé que c'est cet engorgement sanguin qui a propagé l'inflammation vers le foie. — Aussi, quand les fausses couches, au terme où nous parlons, n'ont pas été accompagnées d'une grande évacuation sanguine, je ne balance pas à l'exciter artificiellement, soit par la saignée, soit par des sangsues quelquefois réitérées.

Le bain et l'air extérieur, la marche, le courage de sortir, des gouttes d'éther, une potion cordiale ; ces remèdes réunis m'ont paru héroïques pour déterminer la nature à se débarrasser d'un pareil délivre qui commence à se putréfier ; et je crois que si ces moyens eussent été employés sur la dernière femme, elle aurait été sauvée.

Les pinces à faux germe sont un bien faible moyen dans ce cas : d'abord, parce qu'il est très-difficile de s'en servir ; secondement, parce qu'elles n'amènent qu'une petite portion de placenta ; troisièmement, parce qu'elles ne peuvent le séparer de la matrice ; quatrièmement, parce qu'elles sont inutiles si le placenta en est véritablement séparé, la matrice alors s'en débarrassant facilement.

Il est d'observation que les avortemens, depuis un mois jusqu'à trois, quelque graves qu'ils soient, le sont bien moins encore que les avortemens volontaires, qu'une avide et criminelle ignorance de misérables empyriques ose entreprendre avec des moyens qui, portant de plus en plus le sang vers la matrice, exposent, s'ils réussissent, la femme à un danger souvent mortel.

Un point d'honneur mal entendu fait que les femmes s'exposent volontairement à cette mort, et l'avide et criminelle ignorance les fait périr, ou d'hémorrhagie ou de putréfaction, sans leur donner les secours qui rendraient, en ce cas, au moins leur perte douteuse.

Les femmes croient que le crime qu'elles osent entreprendre leur sera d'autant moins funeste, qu'il y a moins de tems qu'elles ont conçu. Elles croient qu'une grossesse récente est facile à détruire; c'est une funeste erreur, qui est ici démontrée. — L'on voit, par ce que nous disons, dans quel funeste espoir on les a plongées. Pour les détourner de cette funeste entreprise, il suffirait de la science qui leur en offrirait tous les dangers effrayans.

D'après le mécanisme de la végétation du fœtus, de ses enveloppes et de la matrice, on doit voir que quand une femme est menacée d'une fausse couche, il faut l'engager, avec grand soin, à ne faire aucun effort expulsif. On doit porter des émolliens sur le bas-ventre, parce que plus la nature sera long-tems à se débarrasser, plus, pendant toutes ces petites contractions, l'enveloppe charnue du fœtus se séparera petit à petit de la matrice, dont elle fait partie; tandis que si le fœtus est expulsé rapidement, la membrane se déchirera, d'où résultera une perte quelquefois fatale.

Si cette membrane ne sort pas, si elle continue à végéter, lorsqu'elle vient à se séparer, ce n'est alors qu'avec une énorme effusion de sang; effusion cependant qui, limitée, est utile et nécessaire au dégorgement de la matrice.

On doit sentir ici qu'il faut beaucoup d'adresse et de connaissance dans l'art, pour distinguer ce qu'il faut faire dans ces cas difficiles. — Mais on est d'autant moins embarrassé, qu'on connaît mieux le mécanisme dont nous venons de traiter.

Dans ces effusions de sang, qui sont considérables à l'époque de deux mois, lorsqu'elles ont lieu sans qu'il y ait de douleur pour expulser le fœtus, alors on peut employer le tampon. On bourre le vagin et l'orifice de la matrice avec de la charpie, imbibée d'astringens, tels que le vinaigre.

Ce n'est pas parce qu'il s'écoule du sang qu'il y a du danger, c'est parce qu'il est à craindre que le sang continue à couler sans que la femme soit délivrée. On sent qu'alors l'hémorrhagie ne cessera que quand le corps étranger n'y sera plus. L'on doit donc employer prudemment tous les moyens propres à opérer sa séparation.

D'autres fois, toute la membrane intérieure sort avec le fœtus, comme une doublure de la matrice. Ce cas est assez rare, et néanmoins je l'ai rencontré quelquefois; mais il n'a lieu que dans les matrices abondantes en fleurs blanches et surchargées d'humidité. J'ai fait dessiner une fausse couche de ce genre; elle fut produite par une frayeur extrême. C'est ce qui sert à expliquer plusieurs points physiologiques importans sur le développement du fœtus, de ses enveloppes et de la matrice. — J'ai vu deux femmes, après l'accident dont je parle, périr dans la suite d'ulcère à la matrice.

Quelquefois cette membrane interne reste dans la matrice et s'y dessèche, alors elle fait un point d'irritation qui, tous les mois, excite des pertes. A l'imitation de Freind, lorsque j'ai soupçonné l'existence de ces sortes de membranes, j'ai fait employer habituellement dix à douze gouttes tous les jours, en un verre d'eau, de la mixture volatile suivante :

Prenez esprit volatil de sel Ammoniac, teinture de safran et laudanum de Sydenham, de chaque un gros, mêlez et donnez quinze à seize gouttes, une ou deux fois par jour, dans un verre d'eau froide.

On voit ici combien sont dangereuses les fausses couches. C'est surtout entre deux et trois mois qu'elles sont les plus à craindre et les plus funestes si l'on est mal soigné. — Levret croit que quelquefois la solidité de l'enveloppe empêche la matrice de se contracter et de l'expulser, mais avec des soins bien entendus on détermine la matrice à expulser ce corps étranger.

Hippocrate, à cette époque, pour empêcher la fausse couche et conserver le fœtus, recommande d'appliquer de larges ventouses sur les seins. C'est souvent dans les campagnes que l'on retrouve les pratiques les plus précieuses de l'art. J'ai vu des femmes de campagne s'opposer heureusement aux avortemens dont elles étaient menacées, en prenant des écuelles de bois frottées d'ail et les chauffant, elles se les appliquaient, en forme de larges ventouses, sur le nombril. Ce qui revient aux préceptes d'Hippocrate, d'appliquer de larges ventouses, et de la largeur des seins, sur la poitrine; mais Hippocrate observe que quelquefois cela excite de la toux, ce qui doit faire employer ce moyen avec sagesse.

Des pertes qui arrivent depuis trois jusqu'à sept mois de grossesse. Des fausses couches à cette époque. De leurs causes et des moyens d'y remédier.

Il n'est rien de si difficile que de mettre beaucoup d'ordre dans l'explication des causes multipliées des pertes, et dans les moyens différens d'y remédier, parce que ces moyens varient dans les différens tems et dans les différentes circonstances de la grossesse.

Il faut ici toujours suivre le mécanisme du développement du fœtus, de ses enveloppes, et de la matrice, ainsi que leurs rapports différens d'accroissemens, qui sont différens dans différens tems de la grossesse. Lorsque l'on saisit bien ce mécanisme, alors on possède bien l'art de remédier aux différens cas qui se présentent.

De trois à quatre mois il se fait une sanguification énorme et dans la matrice et dans les enveloppes du fœtus. Alors cette énergie sanguine détermine plus facilement ou la séparation des enveloppes d'avec la matrice, ou les déchirures de ces mêmes enveloppes.

En raison de cette pléthore, toutes les causes qui peuvent affecter vivement l'économie, viennent alors influencer et la matrice, et les enveloppes, et le fœtus. C'est un centre où tout se rapporte. En raison de cette même pléthore, la désorganisation y est plus facile. Aussi est-ce de trois à cinq mois qu'arrivent le plus fréquemment les avortemens, qui presque toujours sont précédés ou accompagnés de pertes énormes.

Cette excessive pléthore devient souvent si manifeste à cette époque, que les femmes sentent le besoin de la saignée; et de là est venu chez elles l'usage salutaire de se faire saigner de quatre mois et demi à cinq mois, époques d'une extrême sanguification.

La matrice, pendant la grossesse, est le centre des affections physiques et même morales. Les passions vives qui dirigent le sang vers la périphérie du corps, le portent vers la matrice, pendant la grossesse.

Mais si des causes débilitantes existent dans l'économie, si la femme a respiré quelques vapeurs méphitiques, si l'économie enfin est affectée par quelques causes affaiblissantes, telles que des catarrhes, des maladies épidémiques; c'est sur la matrice, sur l'enfant et les enveloppes qu'agissent tous les excès ou d'énergie ou de débilité.

Lorsque le cinquième mois de la grossesse est accompli, déjà la portion la plus grande du délivre est devenue membraneuse et moins adhérente à la matrice. A cette époque le délivre est plus séparable. Il est disposé à faire moins partie de la matrice; et en effet il commence à appartenir plus à l'enfant.

Plus la grossesse s'avance, moins les pertes deviennent fatales, par la possibilité plus grande du détachement du placenta. Enfin si des pertes se déclarent depuis cinq mois et demi jusqu'à la fin du terme, l'art a de plus en plus des moyens plus certains de déterminer la matrice à se débarrasser et à faire la fausse couche avec moins de danger.

L'art a donc des ressources d'autant plus certaines contre ces pertes, qu'elles arrivent à une époque plus avancée de la grossesse. A six mois et demi, c'est déjà un accouchement, mais un accouchement qui exige des soins plus grands, il est vrai, que l'accouchement à terme. La délivrance, c'est-à-dire, la séparation du placenta est alors plus difficile; mais ces soins il est facile de les donner, quand on entend bien le mécanisme de l'union et de la maturité du placenta.

A l'époque dont nous parlons, le placenta n'est pas mûr encore. Ce sont les contractions lentes et douces, les petites douleurs répétées long-tems qui peuvent le mûrir. Plus à cette époque les douleurs faibles dureront long-tems, plus on aura pris de précautions pour ne pas laisser percer les eaux, plus alors la matrice se sera disposée à se séparer du placenta.

D'après ce que nous disons, on voit que les avortemens seront d'autant plus facilement produits par toutes les causes ou d'énergie ou de faiblesse, par des chûtes, des commotions, des voyages, et autres accidens, qu'il y aura plus de pléthore vers la matrice, parce qu'en raison de cette pléthore les parties seront moins adhérentes entre elles; et les fausses-couches seront d'autant moins dangereuses, qu'elles seront plus long-tems à se terminer.

Il est encore une observation importante à faire; c'est que si les femmes ont éprouvé un avortement et une perte pendant une grossesse; dans une autre grossesse, au même terme, il ne faut que la cause la plus légère pour produire le même accident; ce qui exige lorsqu'une fois une femme a éprouvé cet accident, les plus grandes précautions à cette même époque.

L'enfant reçoit d'autant moins de fluide par ses enveloppes, qu'il est moins avancé dans son accroissement. L'enfant est donc alors moins en communication avec le sang du placenta; alors il reçoit moins la surcharge du sang qui est dans le placenta.

Les enveloppes de l'enfant deviennent de jour en jour depuis cinq jusqu'à sept mois substances de plus en plus intermédiaires entre la matrice et le fœtus. Le placenta de jour en jour appartient de plus en plus à l'enfant: c'est son magasin; c'est-là qu'il puise dans le sang de sa mère, par ses racines vasculaires, qui se développent dans l'amnios, le fluide propre à sa nourriture, à son accroissement.

Lorsque les avortemens ont occasionné une grande perte de sang, la santé des femmes se répare par quelques médicamens cordiaux, et par de bonnes nourritures. Mais lorsque les avortemens n'ont point causé de pertes, la pléthore qui existe vers ces parties ne se résorbe pas; elle établit même après les avortemens une congestion qui devient une source de désordres; en sorte que, comme je l'ai déjà dit, si ces pertes donnent des alarmes, d'un autre côté on n'a pas à craindre qu'il reste d'engorgement; parce qu'alors il n'y a qu'un état humoral dans le bas-ventre et dans la région de la matrice, état auquel il est aisé de remédier.

Il est facile de juger quels sont les cas où il est nécessaire, à la suite de fausses couches, d'opérer un dégorgement nécessaire, par la saignée ou par des sangsues à l'anus ou à la vulve. — Ces sortes d'engorgemens sanguins à la suite des fausses couches paraîtront une chose facile à saisir d'après ce que nous avons dit. Cependant, c'est une faute beaucoup trop commune dans la pratique, de n'y pas faire suffisamment attention.

C'est de là que résultent une foule incroyable d'accidens aigus et chroniques.

C'est encore une chose digne d'être remarquée par les Praticiens, savoir : que l'économie éprouve souvent des engorgemens sanguins dans différentes parties, sans que les signes en soient bien manifestes à d'autres yeux qu'à ceux d'un habile observateur. La pratique prouve encore que quand il existe, dans quelques parties de l'économie, un engorgement de sang, il n'y a d'autres moyens de le résoudre que par la saignée ; et il n'y a que l'ignorance qui n'a pas senti cette importante vérité, quand elle a voulu suppléer la saignée par une foule de moyens, qui toujours sont, pour le moins, insuffisans. Rien ne peut suppléer à la saignée, quand elle est indiquée par une véritable pléthore. Revenons aux causes des pertes de sang pendant la grossesse.

Les pertes de sang sont d'autant plus fâcheuses qu'elles sont plus abondantes, et qu'il y a moins de caractères qui indiquent la disposition à l'accouchement, parce que l'épuisement qui arrive de plus en plus, entretient la cause qui produit la perte et la faiblesse.

Il faut, en ce cas, avoir égard au terme où l'on est de la grossesse, pour choisir le moyen qu'on doit employer.

On doit reconnaître ici que le moyen qui a été indiqué par Puzos ; savoir, de dilater la matrice et de percer les eaux, est un moyen qui n'est applicable que dans peu de circonstances et sur la fin de la grossesse.

Le tampon de linge imbibé dans le vinaigre à la suite d'une injection astringente, me semble préférable.

Nous finirons par indiquer tous les moyens qu'on a employés, et l'usage qu'on en doit faire selon les circonstances, afin de ne pas rendre nuisible, par un mauvais choix, ce qui est utile et précieux quand il est bien appliqué.

Sur la fin de la grossesse, les pertes sont l'effet quelquefois du décollement d'une portion de placenta, ou de son implantation sur l'orifice de la matrice.

La matrice pendant la grossesse, se développe de son fond vers le col; ce n'est que sur la fin de la grossesse que le col, à son tour, se développe; et lorsque ce col vient à se dilater, si le placenta y adhère, le développement de l'orifice interne de la matrice détruit cette adhérence, d'où résulte une perte, qui peut être très-considérable.

C'est dans cette circonstance que Puzos conseillait d'employer des émolliens, pour tâcher de ramollir le col de la matrice : il voulait qu'on perçât les eaux et qu'on terminât l'accouchement.

Cette pratique, qui lui avait réussi, avait néanmoins été fatale aux mains de Lamothe, accoucheur très-intelligent et très-prudent. C'est ce qui a fait recourir à une autre méthode, celle du tamponnement de l'orifice du vagin et de la matrice, avec des linges trempés dans le vinaigre.

La méthode de Puzos a beaucoup d'inconvéniens, et l'on expose trop la vie des femmes, en les fesant accoucher avant terme. Il n'arrive que trop souvent qu'après avoir percé les eaux, la matrice revient sur elle-même : il est vrai, la perte s'arrête, mais aussi la matrice s'irrite, s'enflamme, et enfin, la putréfaction s'établit dans le placenta. On ne doit donc employer la méthode de Puzos, qu'après avoir essayé des autres, ou lorsqu'on voit que ce moyen est le plus prompt pour éviter la mort.

Il faut, pour employer cette méthode de Puzos, être bien sûr que la nature établira des douleurs et opèrera l'accouchement ou qu'on pourra l'opérer.

Dans ce cas, la méthode de tamponner est plus avantageuse, parce que le sang retenu dans la matrice devient un corps étranger; le lendemain la femme éprouve des fourmillemens et de petites douleurs, qui deviennent le centre de bonnes.

Je ne parle point ici des remèdes astringens intérieurs, dont on doit faire des remèdes concomitans des autres, mais sur lesquels il ne faut pas trop compter. Je le répète, il faut s'attacher à bien connaître les causes ; c'est le seul moyen de remédier facilement à leurs effets.

Lorsque le germe enveloppé de son amnios descend de l'ovaire dans la trompe, et dans le duvet sanguinolent de la membrane interne de la matrice, l'orifice de cet organe, secrète, d'une foule de sinus, des mucosités qui s'épaississent, et qui font un tampon lequel jette ses racines dans la substance même du col de la matrice. Ce tampon ferme l'orifice, et empêche que rien ne s'en écoule.

Mais ce tampon, chez quelques femmes, se dissout dès les premiers mois de la grossesse, et dans ce cas, les femmes sont plus exposées, et à des avortemens, et à des pertes. Chez d'autres, et c'est le plus grand nombre, il ne se dissout qu'à la fin de la grossesse. —Cette observation est importante.

Au commencement de la grossesse, ce tampon se déchire, et alors les pertes sont très-graves. C'est donc par le moyen même que la nature emploie pour conserver le fœtus, qu'arrive le désordre, le moyen de conservation lui-même est alors détruit ou altéré.

Presque toujours avant les avortemens, la nature dissout ce tampon; et après, pour peu que la matrice se contracte, elle expulse l'embryon, son amnios, et retient les secondes enveloppes. Ce tampon et l'état du col de la matrice sont donc importans à observer dans les avortemens; et selon que ce tampon, composé de glaires concrètes, ou ferme l'orifice de la matrice, ou qu'il est dissous, on doit porter un pronostic différent de la facilité des avortemens et des remèdes qu'on peut employer ainsi que de leur effet.

Nous avons tâché ici d'expliquer, autant qu'il a été en nous, par quel mécanisme arrivent les pertes; et l'on doit voir combien est importante la connaissance du mécanisme par lequel s'accroît et se développe la matrice, les enveloppes et l'enfant.

On a partagé ordinairement la grossesse en trois premiers, trois seconds et trois derniers mois: ce partage me paraît offrir des vues générales sur le développement, lesquelles sont importantes à la pratique.

Dans les trois premiers mois, la nature porte ses efforts sanguins sur la matrice, les secondes enveloppes lui appartiennent; ainsi la matrice et les enveloppes ne faisant qu'un, et la nature sanguifiant beaucoup vers cette partie, elle opère principalement le développement de l'utérus.

Dans les trois seconds mois, la nature sanguifie moins vers la matrice, mais elle sanguifie plus vers les enveloppes, et ces enveloppes, qui en partie constituent le placenta, de jour en jour deviennent un système intermédiaire entre la matrice et l'enfant.

Dans les trois derniers mois, le placenta de jour en jour fait un système à part de celui de la matrice ; il lui rend moins son sang, de jour en jour son union devient moins intime ; le placenta dans ces derniers tems est du département de l'enfant, et est à son économie, ce que lui seront ses poumons lorsqu'il sera arrivé à la lumière ; c'est dans le placenta, que ses vaisseaux absorbans puisent le principe réparateur du sang de l'enfant, et que ses vaisseaux exhalans font sécrétion du superflu.

Dans les derniers mois, l'enfant est plus en communication avec le placenta ; c'est un réservoir sanguin qui lui appartient davantage qu'à la matrice ; toute la somme d'accroissement et de développement se passe alors du côté de l'enfant.

Ces considérations sont de la plus grande importance, pour expliquer le mécanisme des avortemens et des pertes pendant la grossesse.

Passons à l'examen des pertes qui arrivent pendant l'accouchement ; ce que nous en allons dire, servira à développer de plus en plus ce que déjà nous avons expliqué sur cette matière.

De la structure musculaire de la matrice : on ne la détermine bien que pendant et à la fin de la grossesse. Du tissu spongieux sanguin placé entre ses deux plans musculaires.

On ne peut bien reconnaître la structure de la matrice que lorsqu'elle a été développée par l'état de grossesse, et que cette même grossesse est très-avancée ; car lorsque la matrice, dans son état ordinaire, et hors le tems de la grossesse, est examinée avec le plus de soin, il est impossible d'y reconnaître ce que nous allons exposer de sa structure.

La matrice est composée de deux plans de fibres musculaires, entre lesquels est placé un tissu qu'on appelle spongieux, parce qu'en effet il ressemble parfaitement à l'organisation d'une éponge.

Ces deux plans de fibres musculaires sont un rassemblement de muscles externes et de muscles internes, dont les fibres ont des directions différentes à l'extérieur, et des directions différentes à l'intérieur : l'usage des muscles externes et des muscles internes est essentiellement différent, comme nous allons voir.

Le plan externe de la matrice est composé de plusieurs muscles qui forment ensemble une enveloppe en forme de bourse, dont l'ouverture est inférieure et le fond supérieur.

Le plan externe de la matrice offre plusieurs centres de contractions. Ou en compte facilement cinq ; un de ces points de contractions, et le plus fort, est au fond extérieur de ce viscère : on le nomme en anatomie le plancher de la matrice.

Quatre autres points de contractions sont placés au milieu de cet organe, deux en devant à droite et à gauche, et deux en arrière.

Ces centres de contractions sont de petits cordons tendineux qui s'entrelacent, s'entre-croisent et offrent l'aspect de ces nœuds de bois, dans lesquels les fibres ligneuses sont serrées. De ces petits cordons tendineux partent des fibres musculaires longitudinales qui semblent mi-charnues, mi-tendineuses.

Ce plan musculaire de la matrice bien considéré, est un muscle composé lui-même de cinq autres muscles : de ces centres de contractions tendineux partent, de ceux de devant, de ceux de derrière et de celui du fond, de petits faisceaux applatis de fibres musculaires ; ces fibres se prolongent et viennent se terminer au col, et dans leur marche vers ce col, quelques-unes semblent plonger dans l'intérieur, et donner quelques fibres qui traversent le tissu spongieux même, et qui s'enfoncent jusqu'au plan musculaire interne.

Quand tout ce plan musculaire se contracte, les fibres de tous côtés se rapprochent des centres de contraction tendineux, et par ce mécanisme le col s'ouvre, remonte en s'ouvrant en se raccourcissant vers les quatre centres tendineux du milieu, et ce milieu lui-même remonte par ce mécanisme vers le fond ; toute la cavité est alors retrécie, et le fond acquérant par sa contraction toute sa force musculaire, expulse le corps que la matrice renferme.

Dans l'intérieur, c'est un autre ordre de fibres.

Il semble y avoir également cinq muscles internes ; mais ils sont spongieux, musculeux, charnus et nullement tendineux. Ces muscles ne sont pas de la nature de ceux du systême musculaire externe, comme ceux du plan externe de la matrice.

Chaque ouverture de trompe offre de petits cercles musculaires qui vont en s'agrandissant en proportion qu'ils avancent dans l'intérieur et sur les côtés de la matrice, tandis qu'ils vont en se retrécissant jusques dans l'intérieur des trompes ; chaque côté de la matrice offre donc à l'intérieur un plan musculaire orbiculaire.

Dessous chaque muscle orbiculaire interne, on aperçoit un plan de fibres longitudinales qui descendent et se perdent dans le muscle orbiculaire inférieur et interne de la matrice.

Ce muscle inférieur et interne de la matrice est le sphincter du col de la matrice.

Voilà donc dans la matrice deux plans de fibres musculaires très-distincts ; l'un extérieur longitudinal ; l'autre interne et orbiculaire. Tous ces cordons et plans de fibres les uns sur les autres font des feuillets musculaires ; tous ces muscles sont ou longitudinaires, ou rayonnés, ou triangulaires, ou orbiculaires.

L'un et l'autre plan a des rapports différens avec différentes parties de l'économie ; l'un et l'autre plan reçoit très-diversement son influence nerveuse.

Entre ces deux plans est un tissu spongieux, dans lequel le sang artériel est apporté, dans la raison que les rézeaux du plan extérieur se développent. Les artères contournées s'allongent et s'élargissent en proportion du développement ; et ce tissu spongieux inter-musculaire se manifeste un peu à l'intérieur même de la matrice, entre les cordons musculaires du plan interne.

De l'action inégale des deux plans musculaires de la matrice, et de leur dépendance de deux sortes de nerfs différens.

D'APRÈS l'organisation que nous venons d'exposer dans le chapitre précédent, on voit que, quand le plan extérieur de la matrice se contracte, cet organe développé tend à revenir à son état primitif, à resserrer les vaisseaux qui traversent la matrice, et en même tems à expulser ce qui est contenu dans son intérieur. Le col s'ouvre, et les fibres externes se rapprochant du fond, l'enfant est poussé et forcé alors de sortir.

Lorsque c'est le plan interne qui se contracte, c'est un tout autre mécanisme ; les muscles internes orbiculaires, en se contractant, se séparent du placenta, qui, n'ayant rien de musculaire, ne se contracte pas proportionnellement : en sorte que par ces contractions des muscles orbiculaires internes, et des autres fibres longitudinales internes, petit à petit l'adhérence qui existe entre le placenta et le plan musculaire devient de moins en moins intime ; ce qui dispose le placenta, lorsqu'il a un certain degré de maturité, à se séparer du plan musculaire interne, dont il fait d'autant moins portion intime que la grossesse s'avance davantage.

Par ces contractions et par les séparations des extrémités capillaires des vaisseaux sanguins, il se produirait une issue de sang considérable, si la matrice ne s'y opposait pas par la contraction du sphincter interne de son col qui se resserre, et se ferme de manière à ne laisser rien sortir de l'intérieur.

Les contractions de ces deux plans musculaires de la matrice ne se font pas dans le même tems. Ces contractions ne sont ni simultanées ni dans la même raison : tantôt c'est le plan musculaire externe seul qui se contracte ; d'autres fois c'est le plan musculaire interne, et d'autres fois il y a un mélange de contractions alternatives, et du systême musculaire externe, et du systême musculaire interne.

Ces deux plans musculaires de la matrice sont aussi sous la dépendance de deux ordres de nerfs bien différens.

Le systême musculaire interne de la matrice reçoit ses nerfs du sympathique. Ses nerfs lui sont fournis par le plexus rénal, qui dans l'homme fournit le nerf spermatique; tandis que le plan externe de la matrice reçoit ses nerfs de ceux qu'envoie l'extrémité de la colonne épinière, nerfs qui de cette même colonne vont se rendre au cervelet ; en sorte que le plan extérieur de la matrice reçoit sa mobilité de l'influence du cervelet, comme tout le systême musculaire externe de l'économie, tandis que le plan interne ne reçoit principalement ses nerfs que du sympathique, comme tous les intestins et tous les muscles creux : l'un et l'autre plan musculaire de la matrice reçoit donc une influence nerveuse différente.

Cette distribution nerveuse si différente sert à expliquer une foule de phénomènes, qui sont inexplicables sans ces considérations organiques.

Les ovaires, les trompes et les plans musculaires internes de la matrice sont donc spécialement modifiés par le sympathique. J'ai trouvé dans les femmes ce nerf, à sa partie inférieure, plus gros du côté droit que du côté gauche.

Ainsi, l'extérieur de la matrice est par ses nerfs en correspondance avec le cervelet, tandis que l'intérieur par ses nerfs dépend du sympathique, qui correspond lui-même avec tout le système des viscères intérieurs, et avec tout le système nutritif; enfin avec toutes les parties auxquelles fournit ce sympathique. Ce sympathique me paraît avoir une extrémité aux parties génitales, et l'autre au cervelet, tandis que tous les nerfs de la locommotion semblent avoir leur origine au cervelet, et se terminer aux parties musculaires génitales. Ces deux ordres de nerfs différens ne se confondent pas.

Depuis plusieurs années j'ai exposé ces vérités anatomiques dans mes cours d'accouchement et de maladies des femmes; j'en ai beaucoup d'autres encore à exposer sur ce même sympathique, et sur les effets résultant de son union à tout le systême artériel. J'en ai déduit une foule d'explications qui éclairent la pratique de la médecine, et la théorie de nos besoins et de nos passions. On veut donner comme découverte ce qui est le fruit de mes travaux; mais peu m'importe toute cette gloriole, pourvu que l'art fasse des progrès.

Effets des contractions du plan musculaire externe de la matrice.

Lorsque le plan musculaire externe se contracte principalement, et que l'interne est presque en inaction, cette force du plan musculaire externe est si énergique, qu'il est arrivé souvent, dans l'accouchement, que quoique la tête fût plus grosse que ne le permettaient les dimensions du cercle osseux du bassin, néanmoins cette force musculaire a été quelquefois si grande, que la tête, composée de plusieurs parties, s'est moulée, s'est alongée, et enfin s'est filée à travers le bassin trop étroit.

J'ai vu, chez feu Solayres, accoucheur, dont j'ai parlé dans mon Histoire des Accouchemens, une petite femme, qui se prêtant à l'instruction des élèves, se rendit à l'amphithéâtre aux premières douleurs de l'accouchement.

On jugea le bassin incapable de laisser passer la tête; il n'avait pas de devant en arrière plus de deux pouces huit lignes; les douleurs étaient vives; on avait déterminé la femme à subir l'opération Césarienne, ayant eu précédemment des couches où il avait fallu sacrifier l'enfant.

Pendant que l'on faisait les longs apprêts de cette sanglante et funeste opération, pendant que de tous côtés on invitait des Chirurgiens et des curieux à cet horrible spectacle, la femme mit au monde un enfant dont la tête s'était tellement filée à travers du bassin, qu'elle avait vingt-un pouces de contour.

Une jardinière, à Vaugirard, avait déjà eu des couches malheureuses, dans lesquelles, vu la disproportion entre le bassin et l'enfant, on avait été obligé d'ouvrir le crâne pour faire sortir la tête et le reste du corps de l'enfant. Elle s'était enfin déterminée à l'opération salutaire de la symphise, opération que j'ai pratiquée sept fois heureusement pour les mères et pour les enfans.

Au début du travail, j'observai que quoique la tête fût plus volumineuse que l'ouverture du bassin, néanmoins les contractions du plan externe étaient si énergiques, que je ne désespérai pas que la tête, poussée par cette force, ne se moulât pour franchir le bassin.

C'est ce qui arriva effectivement. C'était un troisième accouchement, dans lequel l'enfant était fort et bien portant; le bassin n'avait que deux pouces neuf lignes, et la tête avait de dix-huit à dix-neuf pouces de contour et d'une bosse pariétale, à l'autre; elle s'était retrécie à deux pouces neuf lignes.

Ces notions sur les contractions du plan externe de la matrice sont de la plus grande importance; elles servent à porter un pronostic certain sur l'effet des douleurs de l'accouchement.

Quand le plan externe de la matrice est en inertie, il arrive des pertes qui peuvent entraîner les femmes au tombeau; c'est ce que nous allons voir ci-après.

Mais on demande s'il y a des signes auxquels on puisse reconnaître l'état énergique de ce plan extérieur.

Oui, sans doute; car dans ce cas, on sent la matrice à travers les tégumens ayant une dureté assez considérable, ce que les femmes expriment très-bien, en disant qu'elles sentent cette dureté comme une pierre; et lorsqu'on sent ainsi la matrice, avant l'accouchement et dans l'intervalle des douleurs, ayant cette dureté spéciale, on en doit tirer l'augure le plus favorable.

Les douleurs que causent, dans l'accouchement, les contractions de ce plan externe, ne produisent que très-peu de sensibilité : on les nomme, avec raison, un travail, parce qu'en effet, ce n'est qu'un véritable travail musculaire, dont la matrice n'a pas un autre sentiment que celui que sent un muscle qui fait un effort vigoureux pour pousser un corps qui lui résiste.

Quand on touche l'orifice de la matrice pendant l'accouchement, s'il survient alors une contraction du plan musculaire externe de la matrice, on sent le col qui s'ouvre, et le fœtus qui descend, poussé par le fond et par le corps de cet organe; et l'Accoucheur sent sous ses doigts cette contraction avant même que la femme en ait le sentiment. Elle ne s'aperçoit pas d'abord de ces contractions, qui viennent de l'influence nerveuse de la colonne épinière; contractions dans lesquelles le mouvement est dirigé de haut en bas, tandis que la direction du fluide nerveux du plan intérieur, qui se porte de bas en haut, va lui donner le sentiment vers les parties supérieures, et en même tems exciter une douleur affaiblissante vers le plexus des reins.

Ces contractions peu sensibles du plan musculaire externe s'appellent bonnes ou vraies douleurs de l'accouchement; tandis que celles du plan interne très-sensibles s'appellent fausses douleurs.

Effets des contractions du plan musculaire interne de la matrice.

D'APRÈS ce que nous avons dit du plan interne de la matrice, on voit que par ces contractions intérieures, petit à petit, le placenta se détache, fait corps à part, enfin devient étranger à la matrice.

Ces douleurs sont d'autant plus nécessaires, que les enveloppes du fœtus font plus un même corps avec la matrice. Ces douleurs sont donc précieuses dans les accouchemens avant terme, parce qu'elles disposent le placenta à se séparer ; elles durent quelquefois huit à neuf jours : mais quand elles n'ont pas duré long-tems, et que le plan extérieur a chassé précipitamment l'embryon, alors il se fait dans l'enveloppe des déchirures, ce qui peut causer des hémorrhagies mortelles ; ou bien le délivre, en partie séparé, se putréfiant, est retenu par la contraction du sphincter de la matrice : alors la putridité est fatale. C'est donc un bien dans les avortemens, que les contractions de ce plan interne et en même tems le repos du plan externe. C'est le contraire dans l'accouchement.

Dans l'accouchement à terme, une foule de causes peuvent produire une irritation sur ce plan interne de la matrice : lorsqu'il se contracte, on appelle les douleurs que produisent ses contractions, fausses douleurs ; on sent alors que le col de la matrice se serre au lieu de s'ouvrir, et dans ce cas les femmes éprouvent une sensibilité douloureuse, qui ne leur permet pas les forces et le courage.

Ces sortes de douleurs, contre lesquelles les femmes sentent qu'elles n'ont pas de points d'appui, vont se terminer aux reins, en sorte que toutes contraires aux autres, elles se dirigent de bas en haut ; en remontant elles semblent rencontrer une barrière au plexus rénal ; c'est-là qu'est toute la force de la douleur, Il ne se porte au cerveau de sensations, que ce qu'il en faut pour l'avertir du lieu où est l'aboutissant de la douleur.

Toutes les causes qui agissent sur tout le systême intérieur des viscères, toutes les fluxions de toute espèce, toutes les passions, enfin tout ce qui affecte l'intérieur de l'économie, peut aller irriter ce plan intérieur de la matrice, et causer de fausses douleurs.

Il est assez ordinaire que quand les causes débilitantes du plan extérieur de la matrice ont lieu, ces causes, si elles sont âcres et irritantes, plutôt que sédatives, agacent en même tems le plan intérieur.

Quand on ne connaît pas ces douleurs fausses, et qu'on excite les femmes à les faire valoir, on les épuise par ce faux travail. Que d'accidens ensuite!

C'est dans ces cas que Deventer commandait le repos; qu'il donnait même des narcotiques, afin que par le sommeil, la nature, après avoir réparé ses forces, établît une petite transpiration insensible, au moyen de laquelle l'âcre qui se portait à l'intérieur était adouci. C'est cette méthode qui lui avait donné un si grand succès dans les accouchemens.

Il importe donc bien de tâcher dans tout accouchement à terme, d'avoir l'énergie du plan extérieur, et la tranquillité du plan intérieur. Nous avons vu que dans les avortemens, c'est le contraire que l'on doit rechercher.

Lorsqu'on entendra bien le mécanisme de ces deux plans, on évitera aux femmes une foule d'accidens, et les accouchemens seront plus heureux. On évitera par ce moyen les pertes dans tous les tems de la grossesse, et surtout lors de l'accouchement.

Pendant le tems de l'accouchement, on distinguera les douleurs du plan externe, qui servent à pousser l'enfant, d'avec les contractions douloureuses du plan interne qui servent à la nature à séparer peu à peu le placenta.

Au moyen de ces connaissances, on seconde d'une manière bien efficace la nature, et on secourt bien véritablement les femmes ; parce que l'Accoucheur qui au moyen du toucher distingue ces douleurs les unes des autres, conseille à la femme de seconder les unes par des efforts, et de souffrir patiemment les autres ; par-là on épargne à la femme les fausses douleurs désespérantes et on abrége d'une manière sensible le tems de son accouchement. Mais ces douleurs internes si redoutées, si douloureuses, dans l'accouchement, sont, comme nous l'avons vu, nécessaires dans l'avortement; et quand elles n'ont pas été suffisantes pour détacher insensiblement le placenta, comme le fruit d'un arbre, alors il résulte des pertes fatales ; tandis que dans l'accouchement à terme, quand ce plan intérieur seul se contracte, et que l'extérieur est en inertie, alors il arrive que si le placenta se sépare aussitôt après l'accouchement, une perte de sang très-dangereuse est l'effet de cette inertie.

Des effets, des causes de l'inertie du plan externe de la matrice ; comment s'en assurer, afin d'éviter les pertes pendant et à la suite de l'accouchement.

Autant il est avantageux dans les accouchemens avant terme, dans les fausses couches, que le plan extérieur de la matrice soit en inertie, et que l'action musculaire se passe principalement dans le plan interne, afin de mûrir et de détacher le placenta, autant dans l'accouchement à terme, (accouchement dans lequel le placenta mûr se sépare aisément de la matrice,) autant, dis-je, il est avantageux que la nature opère alors d'une manière toute contraire, c'est-à-dire, que le plan musculaire externe soit principalement en action. Lorsque dans l'accouchement à terme l'enfant est sorti, si le plan externe est en inertie, alors les vaisseaux artériels vont sans obstacle épancher leur sang dans le tissu spongieux qui est entre les deux plans musculaires. Ce tissu, comme nous l'avons dit, traverse en partie le plan interne. Si le placenta à cette époque est séparé totalement ou en partie, tout le tissu spongieux de la matrice dans lequel se rendent des artères, se gonfle de sang, le plan externe n'y mettant point d'obstacle par sa contraction naturelle. Alors cet engorgement étant arrivé au point de dilater trop la matrice, les fibres musculaires externes réagissent sur l'éponge : alors est exprimé à l'intérieur une quantité énorme de sang. Cet engorgement, cette expression se font alternativement ; en sorte que dans l'intervalle des pertes, on croirait qu'elles se vont arrêter ; mais non. Pendant ce perfide repos, la matrice s'engorge de nouveau, pour se redégorger encore, ce qui à la fin produit des convulsions, et ensuite la mort.

Il importe donc de connaître les causes multipliées de cette inertie, pour y remédier ; et sur-tout pour en prévenir les plus funestes effets.

Toutes les causes qui sont capables d'affaiblir l'élasticité musculaire, peuvent produire cet accident funeste. Parmi ces causes, les principales sont une épidémie régnante, une saison très-humide et froide, une saison humide et chaude, enfin tout ce qui diminue l'irritabilité, l'élasticité musculaire : des chagrins violens, un engorgement humoral, la perte de l'appétit, le défaut de nourriture, sont aussi des causes qui diminuent et l'élasticité musculaire générale et l'élasticité partielle. Comme la matrice est le centre de l'action vitale pendant la grossesse, c'est elle qui la première ressent l'influence de ces causes; la première elle perd son ton, son ressort.

Lorsque les femmes ont perdu cette élasticité, non-seulement elles peuvent avoir des pertes en accouchant; mais encore si elles y échappent, elles deviennent victimes de fièvres malignes, putrides, auxquelles on a donné le nom de fièvres puerpérales.

Une fièvre intermittente, un méphitisme reçu dans l'économie, un rhume, un catarrhe, beaucoup de causes semblables, diminuent l'irritabilité musculaire. Ce défaut d'irritabilité ne se manifeste pas toujours d'une manière bien sensible, conséquemment il n'en est que plus fatal.

Il serait donc bien important, pour éviter ces dangereuses pertes de sang, qu'on pût s'assurer, pendant la grossesse, si la matrice sera en inertie pendant et à la suite de l'accouchement. Nous allons indiquer le moyen de le reconnaître.

Observons ici en passant que cet état d'inertie du plan extérieur de la matrice pendant la grossesse permet quelquefois à l'enfant de rester dans le ventre de sa mère au-delà du terme de neuf mois. Aussi observe-t-on à la suite des accouchemens qui passent le terme, ou que la femme éprouve des pertes en accouchant, ou qu'elle fait une maladie après l'accouchement, parce qu'elle a perdu, et surtout la matrice, une portion de son énergie vitale.

Dans un pareil état, le ventre est très-volumineux: la faiblesse des muscles permet aux vaisseaux qui les traversent d'engorger leur tissu spongieux; alors le relâchement général cause des engorgemens séreux et lymphatiques de tout genre dans le bas-ventre, et même dans le reste de l'économie. Mais ce qui mérite ici la plus grande attention, et ce à quoi j'engage de s'arrêter capitalement, c'est à reconnaître par le toucher l'état de faiblesse du plan musculaire externe. Voici la manière de s'en assurer.

Toutes les fois qu'avant l'accouchement on sent la matrice molle à travers les tégumens du bas-ventre ; toutes les fois qu'elle n'a pas cette dureté de pierre, et qu'au contraire elle est mince et cédant sous les doigts ; toutes les fois qu'on sent les différentes parties de l'enfant sous les tégumens, comme sous un parchemin épais mouillé, alors il faut faire la plus grande attention à cet état, ne le pas négliger, et employer tous les moyens propres à le dissiper et à donner du ressort.

Cet état est d'autant plus perfide, qu'alors les douleurs dans l'accouchement sont faibles, peu sensibles ; la sensibilité, la contractilité sont presque éteintes ; l'accouchement même est facile et rapide ; la matrice après un petit nombre de douleurs n'expulse pas l'enfant, mais le lâche et l'abandonne ; elle permet plutôt qu'elle ne provoque sa sortie. On se félicite d'une prompte délivrance ; mais les suites en sont bien funestes. D'autres fois la sensibilité est extrême dans le plan interne, et alors les douleurs lentes, éloignées et fausses, remontent se perdre douloureusement dans les reins. Dans tous ces cas, la matrice souple sous les doigts se sentait à travers le ventre ; elle n'avait point de ressort dans son plan externe. L'on ne peut reconnaître facilement cette perte du ressort d'élasticité, que quand on a l'habitude de l'état de l'élasticité ordinaire : cette perte de ton s'annonce quelque tems avant l'accouchement, et non-seulement elle précède les pertes, mais elle précède aussi les fièvres puerpérales.

On doit remédier à cet état quelques jours avant l'accouchement quand on a pu s'en assurer.

J'ai vu ce cas dans l'hospice d'humanité de Rouen, ma patrie, en 1793. Les femmes, à la suite de l'accouchement, étaient attaquées d'une fièvre puerpérale, qui devenait épidémique et funeste ; on était prévenu qu'elles auraient cette fatale maladie, par de petites coliques qu'elles ressentaient dans le bas-ventre quelques jours avant l'accouchement ; ce qui était l'effet d'une perte de ressort dans des points abdominaux. En touchant le ventre de plusieurs de ces femmes, j'observai un état de mollesse et d'engorgement ; la matrice était peu élastique.

Le citoyen Laumonier, et plusieurs autres médecins de la ville auxquels je fus réuni, tous ensemble, nous convînmes que l'on préviendrait cette maladie fatale, en faisant prendre aux femmes, dans le dernier mois ou quelques jours avant d'accoucher, de fortes décoctions de Kinkina rendu purgatif, surtout à celles qui étaient menacées par quelques petites coliques : en même tems je leur fis donner pendant le jour trois à quatre cuillérées de différentes eaux aromatiques distillées, auxquelles on ajoutait demi-once d'esprit de Mendererus sur quatre à cinq onces de ces eaux distillées, avec un syrop quelconque. On excita parmi elles de la gaîté, et l'on transféra la salle des accouchées en un lieu bien aéré et exposé au midi, dès-lors on vit cesser l'épidémie.

J'ai observé que la perte ou que les grandes maladies, à la suite de l'accouchement, ont presque toujours été précédées de la mollesse de la matrice, non-seulement à la fin de la grossesse, mais encore dans l'intervalle des douleurs ; tandis qu'il est extrêmement rare, qu'à la suite de l'accouchement, il y ait des pertes quand la matrice a été de cette dureté dont nous avons parlé, et quand il n'a existé ni cause physique, ni cause morale débilitante.

C'est donc une pratique nécessaire aux accoucheurs, de s'assurer avant et pendant l'accouchement, de l'état de la matrice, pour prévenir les pertes ; et s'il n'y a pas de perte malgré l'inertie, il faut encore prévoir les fièvres puerpérales. Il faut employer les moyens à la suite de l'accouchement, propres à les prévenir. Mais comme on ne connaît que peu toute cette physiologie de l'accouchement, et que les sages-femmes, surtout dans les campagnes, qui constituent les deux tiers de la population, sont là d'une ignorance très-profonde, il arrive que, lorsqu'elles devraient employer le repos et quelques fortifians, ou quelques cordiaux calmans, elles irritent au contraire, et excitent les femmes à des douleurs inutiles qui les épuisent, d'où suivent ces pertes ou ces maladies fatales qui enlèvent un si grand nombre de femmes à la suite de l'accouchement.

De la perte de sang pendant le travail de l'enfantement.

Nous avons déjà parlé de la perte de sang qui arrive dans les derniers mois de la grossesse, et qui est l'effet du délivre implanté près de l'orifice de la matrice.

Quand les fibres du col de ce viscère viennent

à se déployer, par effet et suite du développement de la matrice, le placenta ne se développant pas en même proportion, il en résulte une perte qui nécessite à employer différens moyens chirurgicaux. On tamponne alors la matrice et le vagin avec des linges imbibés de vinaigre et d'eau-de-vie.

Mais quand ces moyens ne réussissent pas, on est obligé quelquefois d'en venir à dilater l'orifice de la matrice, à percer les eaux et à terminer l'accouchement; c'est un moyen que Puzos a beaucoup recommandé, mais ce moyen ne doit être employé qu'avec beaucoup de prudence, parce qu'il a de grands inconvéniens : il en a moins dans la grossesse à terme : mais dans celle avant terme, il a souvent été fatal.

Dans le travail de l'enfantement, une portion du placenta peut se détacher et exciter une perte, ou cette même perte peut être quelquefois l'effet du placenta implanté près de l'orifice.

A chaque contraction, les dilatations de l'orifice excitent la séparation d'une portion du placenta. Cette perte, comme toute autre en général, n'est dangereuse, qu'autant qu'elle est considérable et qu'elle expose la vie de la femme. Cependant on ne doit point négliger la plus légère, parce qu'on observe que plus il y a d'hémorrhagie, moins il y a de contractions.

On s'opposera à ces pertes de sang par deux moyens ; l'un consiste à tamponner l'orifice de la matrice et le vagin, avec des linges surchargés d'eau-de-vie et de vinaigre; l'autre, à percer les eaux et à terminer l'accouchement. Mais ce dernier moyen est beaucoup trop vanté par Puzos, et je l'ai dit, il est souvent fatal dans l'accouchement avant terme.

Il ne faut se permettre de percer les eaux que quand il paraît presque certain que l'accouchement pourra se terminer de suite ; il faut que l'orifice de la matrice soit ramolli, qu'il y ait eu des contractions propres à disposer le délivre à se détacher ; car on expose toujours la vie des femmes en perçant trop tôt les membranes, et livrant ensuite le reste à la nature. Même dans un accouchement ordinaire, un bon observateur a toujours plus à se repentir d'avoir percé les eaux que de s'en être abstenu, car les accidens qui arrivent après avoir percé les eaux trop tôt sont nombreux. Il n'y a rien de si facile que d'attendre, disait Lamotte, et c'est cependant ce qu'on fait le moins. On n'a jamais d'inquiétude auprès d'une femme dont les eaux ne sont pas percées, tandis que, lorsqu'elles sont percées, il arrive souvent ensuite, ou de l'aridité, ou de la sécheresse, et ensuite un état inflammatoire dans la matrice. Je recommande toujours aux élèves la lecture de Lamotte, non qu'il instruise beaucoup ; mais il apprend à agir peu et à propos, et à savoir attendre. Le vrai savoir ne précipite rien.

Puzos, en conseillant assez hardiment de percer les eaux, n'avait d'autres vues que la contraction de la matrice, qui est l'effet de cette opération ; il voulait la cessation de la perte, et il conseilla sa méthode même dans les pertes qui arrivent avant terme.

Mais un grand nombre de femmes ont péri par l'effet de cette même pratique ; et Lamotte lui-même qui était en garde contre elle, appelé un jour chez une femme qui avait fait une chûte, qui avait une grande perte à six mois de grossesse, parce qu'il ne connaissait pas l'usage du tamponnement et de ses effets, il perça les eaux, et fit l'accouchement. La femme mourut par les suites de cette méthode.

Beaucoup de femmes périssent pour avoir été trop promptement accouchées. Mauriceau, Smellie, et une foule d'autres, en offrent de nombreuses observations. Je me suis fortement élevé dans mes cours contre cette précipitation, qui s'est encore accrue par l'usage des instrumens.

Je dirai donc, d'après ma propre expérience, qu'il n'est rien de si difficile que de savoir quand on peut percer les eaux; on ne doit pas le faire à moins que l'orifice ne soit dilaté, et on ne doit se permettre cette opération dans les cas de perte, qu'autant qu'on est sûr, ou de terminer l'accouchement, ou que la nature elle-même le terminera facilement et promptement.

Lorsque quelques jours avant l'accouchement, ou lorsque pendant le travail de l'enfantement, il arrive une perte, je ne balance pas à faire alors usage du tampon, ainsi que l'a conseillé Leroux dans son ouvrage sur les pertes, sur-tout lorsque le col n'est pas dilaté; ce moyen empêche l'issue du sang; il arrive ensuite de petits fourmillemens, des douleurs qui peu à peu deviennent expulsives; le tampon est d'abord expulsé, et l'accouchement se termine. Cette méthode me paraît bien préférable à celle de Puzos.

De la perte qui arrive à la suite de l'accouchement.

Nous sommes enfin arrivés à traiter de l'accident le plus fatal à un très-grand nombre de femmes ; savoir, de la perte après la sortie de l'enfant, laquelle arrive avant ou après la délivrance.

Si la perte arrive avant que la femme soit délivrée, la cause en est dans l'inertie de la matrice, ou dans le détachement précipité du placenta. L'inertie de la matrice peut dépendre alors de plusieurs causes, ou de la faiblesse de la matrice qui existait avant l'accouchement, et dont nous avons détaillé les causes, ou de l'effet d'une lassitude de l'organe après des douleurs trop vives qui l'ont épuisé ; ainsi lorsqu'une femme a un très-volumineux enfant, si on l'a pressée de pousser ses dernières douleurs, si, au lieu de les ménager comme on le doit, on les a excitées au-dessus de ses forces, l'affaissement et la perte peuvent en être la conséquence.

Lorsque la perte arrive après la sortie du placenta, c'est que l'on s'est pressé trop tôt de l'extraire. On ne sent pas assez que quand l'enfant est sorti, il faut laisser à la matrice le tems de revenir sur elle-même, et de rassembler de nouvelles forces pour opérer la délivrance, sans quoi cet organe qu'on fatigue précipitamment tombe en faiblesse, en syncope, se gorge de sang, ce qui est suivi de perte, même après l'accouchement le plus heureux précédé de la grossesse la meilleure.

C'est d'après cet effet terrible d'une délivrance trop précipitée, qu'est née entre les auteurs qui ont écrit sur les accouchemens, une éternelle contestation sur la nécessité ou l'inutilité d'opérer la délivrance.

En général, il ne faut ni trop se presser de délivrer après l'accouchement, ni trop attendre. En se pressant trop de délivrer, la matrice tombe en inertie, et il survient une perte fatale.

Laisse-t-on le délivre à expulser à la nature, quelquefois la matrice revient sur elle-même, alors le col se serre, et la matrice se resserrant sur le placenta, le renferme dans une portion de son enveloppe, comme dans une poche à part; c'est ce qu'on appelle placenta chatonné. Si l'on ne faisait pas alors l'extraction du placenta, on peut croire qu'il ne sortirait pas; mais comme il se putréfie plus rapidement qu'aucune autre partie animale, la décomposition qui en résulterait deviendrait fatale à l'économie. Il faut donc tenir un juste milieu entre les deux extrêmes.

Il faut après tout accouchement laisser la femme se reposer un instant. Si pendant la grossesse, pendant l'accouchement, si sur-tout à la suite de l'accouchement, on ne sent pas la matrice très-dure, on continuera de laisser la femme en repos pour qu'elle rassemble ses forces, et que la nature opère elle-même la délivrance. Il faut alors attendre de bonnes et nouvelles contractions.

Lorsque l'on craint donc une perte, et que l'état de la matrice qui a précédé, accompagné ou suivi l'accouchement semble l'indiquer, il faut laisser l'opération de la délivrance à la nature.

Lorsqu'on veut terminer la délivrance, ce que l'on est malheureusement que trop porté à faire, il faut dans ce cas passer la main sur le bas-ventre, reconnaître l'état de la matrice, afin d'observer d'abord s'il n'y a pas un second enfant, auquel cas on ne doit délivrer que tard après la sortie des deux : s'il n'y a qu'un enfant, il faut observer si la matrice est bien contractée ; car pour peu qu'elle soit molle, il faut très-soigneusement se garder d'opérer la délivrance.

Ainsi le toucher de la matrice, à travers les tégumens du ventre, après l'accouchement, indique si l'on peut se permettre de délivrer la femme.

La plupart des pertes funestes et mortelles sont la suite d'une délivrance opérée, lorsque la matrice n'était pas suffisamment contractée.

On doit craindre les pertes chez les femmes qui en ont éprouvé, ou pendant leur grossesse, ou après des accouchemens précédens ; faute de cette attention beaucoup de femmes sont péries par cette cause.

En 1780, j'avais donné des soins à une femme qui avait eu plusieurs fois des pertes pendant sa grossesse, et surtout elle en avait eu une assez considérable dans son accouchement précédent. Une sage-femme devait l'accoucher; je la prévins qu'il y aurait une perte fatale, si elle tentait la délivrance. Je lui recommandai vivement de l'abandonner à la nature ; l'accouchement fut heureux, la sage-femme ne tint aucun compte de mon conseil ; elle opéra la délivrance, et la femme ensuite périt en peu d'instans d'une énorme hémorrhagie. En général la pratique des accouchemens doit être très-variée dans différentes circonstances, ce qui fait qu'elle exige de la part de ceux qui s'y livrent et beaucoup de connaissances théoriques, l'esprit d'observation, et beaucoup de pénétration, de sagacité et d'habitude.

Ruysch et Deventer qui ont pratiqué l'art des accouchemens dans un pays où l'inertie de la matrice était très-fréquente, avaient établi presqu'en principe qu'il fallait abandonner la délivrance à la nature; et Ruysch disait n'en avoir jamais vu aucun accident, cette pratique paraît convenir à son climat.

Mais il faut savoir d'ailleurs que cette méthode de Ruysch, consistait à n'employer aucune violence, et seulement à faire de très-légères attractions sur le cordon. Si le délivre ne suivait pas, il voulait qu'on attendît; ce qui me paraît une méthode très-bonne.

Dans les accouchemens avant terme, la délivrance ne suit jamais la sortie du fœtus; et elle est d'autant plus longue à se faire, que la femme est moins avancée dans sa grossesse. D'après ce que nous avons dit, on en sent la raison : dans ce cas il faut essentiellement attendre.

On a vu, à la suite des fausses couches, le placenta ne sortir que deux ou trois jours après l'enfant; mais alors il faut toujours craindre la putréfaction très-dangereuse du délivre. Tant qu'il ne se manifeste aucune putréfaction, il n'y a absolument aucun danger à ce que le délivre soit resté. Alors la matrice le mûrit et l'expulse sans effort.

Quand la femme n'est pas délivrée et qu'il survient une perte, il faut attendre patiemment; voir s'il ne se manifeste aucun symptôme alarmant, parce que cette perte cesse quelquefois d'elle-même. Mais quand les symptômes sont alarmans et qu'on craint pour la vie de la femme; lorsque la matrice s'engorge et se dégorge alternativement; lorsqu'enfin la femme se plaint d'éblouissemens dans les yeux, de tintemens d'oreilles; que les yeux deviennent convulsifs ; que le pouls devient trop petit ; que les extrémités sont froides ; le visage d'une pâleur mortelle ; que le sang traverse le lit ; qu'on entend dans le ventre des grouillemens qui annoncent la résolution des forces vitales ; alors il faut employer des moyens propres à redonner du ressort à la matrice. Il ne faut pas s'en laisser imposer par la dureté que prend ce viscère dans le moment ou il se dégorge, ou lorsqu'il vient de se dégorger, parce que bientôt après, il se gonfle et se dégorge de nouveau.

Dans ce cas, différens moyens ont été employés : d'abord on fait respirer à la femme ou du vinaigre, ou l'odeur de l'alkali volatil, qui fortifie le système nerveux. Mais ce sont de faibles moyens ; il faut aller porter ses vues directement vers la matrice ; et dans ce cas, l'art a plusieurs moyens principaux :

On jette sur le bas-ventre quelques cuillerées d'eau-de-vie froide ; cette froideur, d'un côté, et de l'autre le spiritueux qui fortifie le principe de la vie, suffisent quelquefois pour réveiller l'énergie musculaire de la matrice, qui ensuite se délivre elle-même du placenta.

Dans ce cas, Sigault prenait une seringue et douchait sur le bas-ventre avec de l'eau bien froide, ce qui ramenait le ton et les contractions de la matrice ; mais je vais ci-après discuter l'avantage et le grand danger de ce moyen.

Leroux, chirurgien de Dijon, tamponne la matrice ; alors le sang retenu, fait que la matrice revient sur elle-même et opère la délivrance. Mais il est à craindre que l'on n'ait une perte interne, dont je vais traiter ci-après. Dans ce cas, j'ai injecté dans la matrice quelques cuillerées d'eau-de-vie et de vinaigre, ou d'eau-de-vie et de vin bouilli ; ensuite j'ai employé le tampon et j'ai appliqué sur le bas-ventre des compresses d'eau-de-vie. La matrice ensuite s'est contractée et débarrassée du placenta ; cette méthode, ainsi combinée de toutes les autres, a eu le plus grand succès.

Enfin, si la délivrance est opérée, et que la perte présente les symptômes que nous venons d'exposer ci-dessus, alors l'injection devient d'une nécessité bien plus grande pour donner à la matrice son ressort : en même tems que j'emploie ces moyens ou sur la matrice à l'extérieur ou dans cet organe même, je ne néglige pas un fortifiant à l'intérieur, tel que l'alkali volatil à quelques gouttes en un verre d'eau. Lorsque c'est après la délivrance que la perte se manifeste, alors le tamponnement seul sans injection peut devenir funeste, parce que le sang reste dans la matrice, s'y amasse en une quantité effrayante, d'où résulte ou perte interne suffoquante, ou putréfaction.

Quand la délivrance est opérée, et que la perte se manifeste, on y remédiera comme nous venons de l'indiquer, par les injections, les applications sur le nombril ; on pourrait même, dans ce cas, donner un demi-lavement, composé avec une décoction astringente ; on a même été jusqu'à donner, avec succès, un demi-lavement d'eau-de-vie.

Lorsque le danger est extrême, on peut donner, avec une seringue, une douche d'eau froide sur l'ombilic ; mais pour opérer un semblable moyen, il faut que tous les autres, tels que les injections même astringentes et spiritueuses dans la matrice, aient été infructueusement appliquées.

Parlons à présent de la perte interne, le plus fatal des accidens, parce qu'il est quelquefois le plus inopiné, et qu'il enlève la femme lorsqu'on est dans la plus grande sécurité.

Lorsque le sphincter interne de la matrice se resserre, le sang qui s'épanche dans cet organe s'y concréfie, et sort en une masse, que l'on prend quelquefois pour un faux germe.

Mais il arrive quelquefois que ce sang s'épanche en abondance dans la matrice, parce qu'elle se dilate considérablement de son fond et se serre à son col; on est dans une sécurité funeste, parce que rien ne coule à l'extérieur; tout à coup la femme se trouve mal, elle se plaint d'étouffemens; les convulsions arrivent; tous les signes de pertes fatales se présentent à la fois; la femme seule, avec une garde qui ne songe point à ce que peut être cet accident, ne reçoit que des secours insuffisans, et lorsque tout semblait avoir été dans le plus heureux état, que sa famille se réjouissait de son heureuse délivrance, la femme périt.

Mais si l'Accoucheur est un bon observateur, si pendant la grossesse, si à la suite de l'accouchement la matrice est restée faible, peu dure, très-volumineuse, il faut craindre cet accident terrible, surtout en prévenir la garde.

Quand on est appelé à tems, il faut promptement y remédier. Une main portée sur le ventre soutient le fond de la matrice; de l'autre, on va dilater le col, et s'il le faut, on emploie, à cet effet, un mélange d'huile et de mucilages; on retire les caillots de l'intérieur de la matrice; ensuite on fait une injection avec un mélange de vin bouilli et d'eau-de-vie : par ce moyen, j'ai sauvé plusieurs femmes prêtes à expirer; j'ai été appelé trop tard pour d'autres, emportées si rapidement par cet accident, qu'on n'avait pu leur donner de secours.

Les femmes s'étaient plaintes de faiblesse, d'étouffemens; la garde, qui ne connaissait point le danger, et qui n'apercevait à l'extérieur aucun écoulement, ne donnait que tous les petits secours d'usage dans une faiblesse : la mort s'en suivait, et à l'ouverture du cadavre, j'ai trouvé, dans ce cas, la matrice fermée par son orifice; elle était grosse presque comme au terme de sept mois, et contenait, à l'intérieur, plusieurs livres de sang caillé.

Depuis ce tems, chez toutes les femmes, mais principalement chez celles dans lesquelles il y a quelque débilité dans le bas-ventre, j'ai soin après l'accouchement de répandre sur le bas-ventre, sur la région ombilicale, une à deux cuillerées de bonne eau-de-vie; je la préfère à des eaux spiritueuses, dont l'odeur agréable peut nuire aux femmes histériques. Je l'étends par-tout, et jusqu'aux aînes; j'ai observé que cette pratique est avantageuse, et même que les tranchées qui ont ordinairement lieu après l'accouchement sont moins fortes, et bien plus supportables par ce moyen.

Lorsque donc qu'il y a eu des caractères de débilité générale et spéciale, ou avant, ou pendant, ou à la suite de l'accouchement, il faut être en garde contre ces pertes internes, et dans ce cas ne pas négliger le moyen que je viens d'indiquer.

Des hémorrhagies actives et passives à divers périodes de la vie.

Les femmes sont exposées à des hémorrhagies à différens périodes de la vie. Quand la nature ne guérit pas ces hémorrhagies, il est rare que l'art y remédie, parce que, trop peu avancé en cette partie, il n'a pas assez recherché la cause cachée de ces écoulemens sanguins ; on s'est trop peu attaché à connaître leur mécanisme ; il en est résulté que l'on n'a pas établi une bonne théorie de ces fluxions sanguines : on s'est contenté de quelques remèdes empiriques, et ils ont été très-souvent infructueux. Alors les désordres des hémorrhagies ont conduit les femmes à d'autres maladies plus douloureuses et plus fatales, telles que l'infiltration universelle, l'hydropisie et le cancer de la matrice : toutes se sont terminées par la mort.

Mais lorsque l'on a étudié attentivement les causes, la marche et le mécanisme des hémorrhagies, et qu'on s'est fait une doctrine en ce genre ; alors le plus souvent on y a porté remède dans les cas même où la nature aurait succombé : on a résolu les engorgemens, les squirrosités ; on s'est opposé aux infiltrations séreuses ; on a empêché les récidives de cette maladie qui revient et fréquemment et périodiquement.

On peut dire en général que le traitement et la cure des hémorrhagies est très-difficile ; mais l'on y remédie facilement avec une bonne doctrine.

Sthaal le premier fit attention à tous les phénomènes que présentent les hémorrhagies ; Hoffman s'en occupa de même, et l'un et l'autre ont indiqué des moyens très-salutaires, quoique leurs théories ne soient pas encore complettes, au moins ils ont indiqué une méthode médicinale, d'après laquelle il est facile de voir toute l'insuffisance et tout le danger de l'empirisme dans les hémorrhagies : on les guérit moins par des remèdes que par l'art d'unir et d'administrer ces mêmes remèdes.

Sthaal fit la plus grande attention à la manière dont la puissance nerveuse produit des hémorrhagies : il reconnut que le fluide de la vie, le fluide du mouvement, qu'il appelait l'âme intelligente, avait le plus grand pouvoir pour produire ces hémorrhagies : il pensait que quand il en existait une, il fallait laisser la nature faire la solution sanguine ; ce qui était une erreur. Il enseignait qu'après l'hémorrhagie il fallait empêcher une nouvelle détermination, c'est-à-dire le retour de ce désordre. Ce qui est vraiment le moyen d'y remédier.

Il avait observé que dans les hémorrhagies, le sang est cœnneux et inflammatoire ; et il rangea ces maladies parmi celles inflammatoires, en sorte qu'il eut égard à trois choses capitales, à l'inflammation, au spasme et à la détermination, c'est-à-dire au retour de la maladie.

Hoffman, médecin non moins philosophe, fit attention spécialement au spasme, c'est-à-dire à la puissance nerveuse, mais relativement au retour de la maladie ; il sentit encore mieux que Sthaal la nécessité de s'y opposer, et il assimila les hémorrhagies aux intermittentes : par là il fit mieux sentir la nécessité de ne pas être tranquille après l'accès, et d'employer tous les efforts et moyens médicinaux pour s'opposer à leur retour.

Ces deux médecins ont donc bien observé les hémorrhagies, et Cullen, en traitant cet objet, a réuni ces deux doctrines.

J'ai cru devoir porter sur cette matière des considérations ultérieures, en rapportant les hémorrhagies tout à la fois comme Sthaal et Hoffman à des maladies inflammatoires, intermittentes ou périodiques ; j'ajoute qu'il est encore deux rapports, sous lesquels on peut les considérer ; le premier, avec Hyppocrate, sous le rapport de fluxions chaudes ; le second, qui interprète ce même Hyppocrate, consiste à les considérer sous le rapport d'une fluxion de calorique en aberration, et quelquefois même sous le rapport d'un gaz hydrogène carboné, divaguant dans l'économie.

Toutes ces sortes d'hémorrhagies ont été appelées actives, parce qu'en effet elles démontrent un principe actif divagant dans l'économie, et que l'écoulement du sang ne se fait point sans une irritation préliminaire.

Il est d'autres hémorrhagies où le sang coule sans irritation. Ces flux sanguins ne sont accompagnés ni de tention, ni de chaleur. Ces flux ne reviennent point à des périodes reglés : ces hémorrhagies s'appellent passives ; ce sont celles qui ont lieu dans les accouchemens et les fausses couches.

Les hémorrhagies passives sont l'effet d'obstructions dans quelque partie de l'économie ou dans quelque viscere, ainsi l'on voit des hydropiques saigner du nez, parce que le foie est engorgé. J'ai vu périr d'hémorrhagie du nez, un homme dont le foie était devenu énorme par obstruction. J'ai vu une obstruction de la rate produire des vomissemens de sang ; et trois moxa que je brûlai sur la région de la rate, firent résolution de l'obstruction, et arrêtèrent les vomissemens de sang.

A l'époque de la puberté, lorsque le sang ne développe pas suffisamment les parties inférieures, on voit des hémorrhagies du nez, et du poumon; on appelle celles-ci hémoptysies. La femme éprouve des pertes de sang par la matrice dans tout le tems de sa fécondité, et au retour d'âge elles sont l'effet de la laxité des vaisseaux veineux sanguins.

Dans la jeunesse, les hémorrhagies se font par la tête; depuis la puberté jusqu'à trente-cinq ans, ce sont des hémoptysies, des vomissemens de sang; dans un âge plus avancé, ce sont des fluxions hémorrhoïdales chez les hommes; et chez les femmes, des fluxions sanguines par la matrice.

Ces fluxions sont tantôt actives et tantôt passives. Ces sortes de fluxions sont tantôt artérielles, tantôt veineuses : tantôt elles ont un caractère plus ou moins nerveux et spasmodique, selon qu'elles sont plus ou moins artérielles ou nerveuses.

Les vaisseaux dans différentes parties de notre économie, ont une densité différente, une élasticité, une action vitale différente, à différentes périodes de la vie : la balance du mouvement est toujours plutôt sur un organe que sur un autre, mais tous ensemble reçoivent une distribution de sang proportionnelle, laquelle change à diverses époques de la vie. Mais cet ordre peut être changé, et le mouvement peut s'échapper d'un côté, pour aller porter trop d'énergie vers un autre.

Dans la première moitié de la vie, la pléthore a un caractère artériel; dans la seconde moitié, un caractère veineux. Le gaz ou calorique qui se dégage du sang dans la première moitié de la vie, a un caractère moins carbonique qu'après le retour d'âge. On peut dire que dans cette première moitié de la vie, le spasme est plus pur, et dans la seconde il est plus matériel, et contient plus d'hétérogène, plus de carbone.

Il est bien difficile que la matrice souffre périodiquement un état de congestion sanguine et de spasme sans que l'équilibre soit rompu.

Des exercices violens, qui font échapper du sang trop de calorique, peuvent, par une pléthore et une congestion considérable de sang, produire des hémorrhagies.

Mais ces sortes d'hémorrhagies passives ne ressemblent point aux hémorrhagies actives, qu'un état nerveux accompagne. Il ne faut pas se tromper sur ces deux genres de désordres en apparence les mêmes.

Dans les fièvres malignes, il y a quelquefois des écoulemens de sang par le nez, qu'il serait funeste d'arrêter ; car par ces écoulemens la nature fait une solution d'un principe inconnu, laquelle solution lui est nécessaire ; c'est ainsi qu'à l'époque des règles, quelques gouttes de sang écoulées par la matrice suffisent pour résoudre le spasme et rétablir l'équilibre, et cette évacuation ne peut être suppléée par une plus considérable dans une autre partie.

C'est d'après ces observations, sans doute, que Sthaal défendait de rien faire pendant la durée de l'hémorrhagie. Il respectait l'écoulement quelque grand qu'il fût ; mais je crois qu'il avait tort ; et je dirai, d'après ma propre expérience, qu'on peut, pendant l'hémorrhagie, même considérable, employer les moyens de la modérer.

C'est une chose qui a dû grandement étonner

dans les hémorrhagies, que la manière dont le spasme les transporte d'un lieu à un autre ; c'est ce que Sthaal attribuait à son ame intelligente. Substituons à son ame le fluide calorique, ou un hydrogène, aujourd'hui mieux connu, et nous entendrons complètement sa doctrine.

J'ai observé qu'il peut y avoir des hémorrhagies dans différentes parties ; on en rencontre, en effet, dans toutes les parties de l'économie où il existe un tissu spongieux.

J'ai vu des hémorrhagies par le nez, par les oreilles, par la langue, par les lèvres, par les extrémités des seins, par tout le cuir chevelu, par la surface de la poitrine, par le grand angle de l'œil, par les extrémités des doigts, par les parties latérales internes des cuisses.

J'ai été consulté pour un chanoine, qui ne pouvait s'endormir sans une transsudation sanguine à l'intérieur des cuisses ; il est péri de cette hémorrhagie.

Hoffmann, qui avait fait la plus grande attention à cette partie de la médecine, considéra qu'au retour d'âge, les hémorrhagies étaient à la matrice ce que l'appoplexie était à la tête ; et pour mieux faire sentir son idée, il nomma l'apoplexie l'hémorrhagie de la tête, et l'hémorrhagie il l'appela apoplexie de la matrice.

Voyons quelles sont dans les hémorrhagies actives les symptômes différens auxquels il faut faire la plus grande attention, pour bien saisir le mécanisme des désordres.

Les hémorrhagies actives sont précédées de frissons, de chaleur et de tension ; après ces symptômes succède l'écoulement du sang, qui enfin se tarit et revient à des périodes très-réglés ; ce qui nécessite, lorsque ces accès sont passés, d'en prévoir le retour, comme on doit prévoir celui des fièvres intermittentes.

Dans les hémorrhagies actives, tous ces signes sont accompagnés de fièvre.

On explique le frisson, la fièvre, la chaleur et la tension qui précèdent l'écoulement, comme l'effet d'un spasme et d'une contraction dans les vaisseaux capillaires sanguins.

Les hémorrhagies, sous certains rapports, ressemblent beaucoup aux inflammations ; et si dans l'état de chaleur on tire du sang de la veine, ce sang est cœnneux et inflammatoire ; mais j'observerai ici qu'il n'est coënneux que comme dans ces sortes de fluxions qu'Hyppocrate appelle fluxions chaudes ; tels sont le rhumatisme inflammatoire, les catarrhes inflammatoires, les fausses péripneumonies.

Mais ces chaleurs, qui précèdent les hémorrhagies actives, méritent une attention spéciale. Les hémorrhagies actives sont précédées d'une chaleur âcre, picotante, qui produit un picotement et une démangeaison vers la partie où l'hémorrhagie tend à se faire. D'autres fois cette chaleur est répartie dans toute l'économie : ainsi une femme que je connaissais eut une frayeur, parce que son mari fut en danger de tomber à l'eau, ses règles qui coulaient se supprimèrent ; elle éprouva tout le même soir une grande démangeaison aux parties supérieures. Après le souper, sa physionomie s'alluma extraordinairement, et du sang transsuda et par le cuir chevelu et par tous les pores du visage. Deux larges saignées du pied, deux vomitifs, une tisanne de quinquina purgatif lui rendirent rapidement la santé : une autre femme, effrayée dans la même circonstance de ses règles, eut une suppression et une transsudation sanguine dans ses cheveux. Des saignées du pied, des sucs végétaux à grande dose, et rendus laxatifs par une infusion de séné, rétablirent également sa santé ; les règles revinrent avec moins d'abondance pendant quelques mois. Elles furent complettement rendues à leur état naturel, par un usage fréquent et des purgatifs, et chaque jour de quelques gouttes d'esprit volatil, tel que huit à dix gouttes en un verre d'eau sucrée, de sel volatil de succin, uni à du sel volatil de vipère.

En considérant, comme je l'ai fait, les hémorrhagies comme des fluxions sanguines, comme des vapeurs chaudes en aberration, ou comme des fluxions inflammatoires, et en même tems comme des intermittentes, il m'a été moins difficile de remédier à ces sortes de désordres dans l'économie, et spécialement d'en empêcher le retour.

Les fluxions catarrhales et inflammatoires produisent leur effet surtout pendant la nuit, et comme pendant la nuit le sang est dans les veines en un état de rarescence, il n'est pas rare de voir, pendant la nuit, des accès funestes d'hémorrhagies ; tel celui du chanoine dont j'ai parlé, et qui devint mortel pendant son sommeil : ces sortes de fluxions sont plutôt veineuses qu'artérielles.

On remarque que c'est au printems, mais surtout au solstice d'automne qu'arrivent principalement les hémorrhagies. C'est alors que se font les fluxions de tout genre, nerveuses, pituiteuses et sanguines.

La tension, l'engorgement qui accompagne les hémorrhagies, produit, si c'est vers la matrice, une dureté, un engorgement d'abord phlegmoneux, puis squirrheux; il faut chercher à le résoudre; car il en peut résulter ou polype, ou squirrhe, ou cancer, et c'est à quoi l'on doit soigneusement veiller.

Quand les femmes ont eu long-tems par la matrice des pertes excessives, ou au moins des règles trop abondantes, dans tous ces cas, il y a des engorgemens qu'il faut résoudre par des lavemens purgatifs fondans, surtout, si d'aprés le toucher on reconnaît un état d'engorgement à la matrice.

Quant au retour de ces écoulemens sanguins, c'est eux qu'il faut capitalement prévoir. Il faut s'opposer à la détermination hémorrhagique de la même manière qu'il faut, dans les fièvres intermittentes, s'opposer à leur retour.

Ainsi pour s'opposer d'une manière victorieuse aux hémorrhagies, il faut les considérer sous plusieurs rapports, afin de pouvoir, par une bonne méthode, fruit d'une bonne doctrine, modifier l'économie entière.

Ce que j'expose ici va être confirmé, par ce que je dirai de l'action des différens remèdes que l'on peut employer.

Mais lorsqu'on connaît mal et le mécanisme des hémorrhagies et conséquemment l'art d'y remédier, elles se réitèrent à des périodes réglés, jusqu'à la mort. La lassitude, la pesanteur, l'inertie, le froid des extrémités, la chaleur, le picotement dans les parties où se fait l'hémorrhagie, l'accélération du pouls, l'écoulement du sang se renouvelant à plusieurs périodes, il survient nausée, vomissement, affaiblissement de la vue, pouls accéléré, intermittent, syncopes, sueurs froides, convulsions et la mort. Ou bien tremblement des extrémités, infiltration dans tout le tissu cellulaire, faiblesse d'estomac, impossibilité d'action dans le systême nutritif, leucophlegmatie, hydropisie et la mort.

Il faut se proposer à la fois de diminuer la pléthore locale et l'état inflammatoire et le désordre des capillaires et des gros vaisseaux. Il faut augmenter la force nerveuse; s'opposer à la détermination du mouvement hémorrhagique et rétablir celui du centre à la périphérie, enfin résoudre les obstructions. Tout cela ne peut s'opérer que par une méthode sage. C'est la méthode qui constitue le médecin; et c'est pour cette raison qu'Hyppocrate fût appelé le chef méthodiste.

Il semble que Boërhaave soit venu détruire, avec ordre, tout ce que l'on savait avant lui en médecine, relativement aux hémorrhagies : il n'a vu qu'un sang trop fluide, qu'il cherchait ridiculement à épaissir par des mucilages; et relativement aux vaisseaux, il n'a vu que des fractures, que des brisemens, des éclats, qu'il cherchait à réparer par des agglutinatifs et des astringens, etc. etc. Et c'était pour ses élèves une faute capitale que l'emploi des vomitifs dans les hémorrhagies, tandis que ce sont au contraire des remèdes heroïques, conseillés par Hyppocrate : son école a donc mal connu et la cause et les effets de l'hémorrhagie. Elle n'a pas mieux connu la nature et les effets des remèdes. Il en est résulté que ces circonstances, où devait triompher la médecine, en sont devenues la honte.

Je vais exposer ci-après les différens remèdes qui ont été mis en usage dans les hémorrhagies. Je développerai l'art de les employer, et les circonstances où ils peuvent nuire. Je crois à ce moyen rendre mon enseignement complet sur cette partie importante des maladies des femmes.

De la Saignée dans les grossesses ; dans les couches et dans les hémorrhagies.

La saignée est un remède employé beaucoup trop empyriquement pour le moindre désordre dans l'économie humaine. Les modifications qu'elle y apporte, les manières dont elles s'établissent sont peu connues.

Nous avons vu combien il est nécessaire de saigner certaines femmes peu après qu'elles ont conçu, parce que chez elles le sang se détermine trop facilement vers la matrice après la conception ; la saignée s'y peut opposer, en faisant une heureuse révulsion vers les parties supérieures : en ce cas il faut saigner du bras ; mais observez que la saignée soit très-médiocre.

Celles au contraire qui sont faibles, dont la matrice est très-humide, et qui n'ont pas vers ces parties une énergie sanguine et vitale très-forte, ces sortes de femmes avortent si elles sont saignées de très-bonne heure, et c'est à elles qu'il faut rapporter l'aphorisme d'Hippocrate : *mulier sectâ venâ abortit*, parce que chez elles la révulsion affaiblit encore l'utérus, déjà trop relâché.

Lorsque la femme est menacée d'une fausse-couche, la saignée du bras et médiocre s'y oppose : si elle est un peu forte, elle favorise la fausse-couche, mais elle s'oppose à une perte considérable. Il n'y a rien de si délicat que de savoir saigner à propos, et en proportion quand on craint l'avortement ; il faut, pour que la saignée soit utile, qu'il y ait un surcroît, une augmentation de circulation et quelque disposition inflammatoire, autrement la saignée est plus nuisible qu'utile. Enfin, lorsque l'avortement arrive, s'il n'est pas suivi d'une très-grande effusion de sang, il faut être bien en garde : la femme alors éprouve de petites coliques, des lochies noires, et peu abondantes, une diarrhée fétide; le pouls fébrile n'indique point la saignée. Cependant il ne faut pas en ce cas balancer de saigner par des sangsues à la vulve, sans quoi il se ferait une fièvre putride, le foie entrerait en fonte, et la femme périrait.

La saignée du bras en ce cas serait autant nuisible, que celle par les sangsues à la vulve est utile.

Mais si à deux ou trois mois le fœtus est sorti, qu'il y ait une hémorrhagie qui aille alternativement de la tête à la matrice, comme dans le cas de la coëffeuse dont j'ai parlé dans cet ouvrage, je ne balancerais pas alors à faire des saignées réitérées et du bras et du pied, pour passer ensuite à l'usage des vomitifs, et s'il était nécessaire des injections astringentes dans la matrice; enfin, j'arriverais au tamponnement, et à ce moyen j'opérerais la séparation de la membrane succueuse de la matrice.

Lors de l'accouchement il existe souvent une pléthore vers la matrice. La saignée alors peut être utile, le plus souvent même elle est très-nécessaire.

J'ai déjà parlé de la nécessité de la saignée pendant le tems de l'accouchement. J'ai dit combien les apparences étaient trompeuses sur cette nécessité ; combien souvent cette évacuation était indispensable, quoiqu'elle ne le parût pas ; j'ai même établi en principe, que le vrai forceps c'est la lancette.

J'ai dit qu'autant les pertes, en accouchant avant terme ou à terme, étaient à craindre, autant aussi il était dangereux pour les femmes, de ne pas perdre suffisamment. La saignée, surtout par les sangsues à la vulve, supplée à ce défaut. Ainsi lorsqu'une femme en accouchant perd peu de sang, il faut, le lendemain ou peu après, dégorger la matrice par des sangsues appliquées à la vulve. Ce moyen empêche les métastases vers le foie; on arrive ensuite aux évacuans avec le kina uni aux cordiaux. La saignée des parties supérieures serait aussi funeste alors que celle des parties inférieures est utile.

Dans les hémorrhagies actives, les Sthaaliens qui les considéraient comme des maladies inflammatoires, ordonnaient des saignées abondantes et fréquentes dans les intervalles de l'accès, c'est-à-dire, avant le retour. Astruc, en ce cas, osa prescrire douze saignées: mieux vaut, dit-il, en faire deux de trop que pas assez. Ce conseil prouve jusqu'à quel point on peut abuser impunément de cette évacuation. Il est certain que les anciens saignaient beaucoup dans les grandes hémorrhagies. Dans l'hémoptysie ils saignaient jusqu'au blanc, ainsi que dans les hémorrhagies qui reparaissaient à des périodes réglées. La saignée peut s'opposer à la diathèse inflammatoire, mais ce moyen ne suffit pas. Il faut empêcher le retour de la maladie, comme il faut empêcher le retour des intermittentes, et employer presque les mêmes remèdes.

La saignée par l'hémorrhagie ne diminue pas la pléthore, parce qu'elle ne diminue que la pléthore capillaire et laisse subsister celle des gros vaisseaux, ce qui justifie l'usage des fréquentes ou des grandes saignées dans les hémorrhagies.

Au retour d'âge les hémorrhagies fréquentes exigent l'usage de la saignée; mais ces hémorrhagies sont moins actives, moins artérielles, et alors elles dépendent d'un engorgement veineux.

Le sang, à cette époque, est le colporteur d'un hydrogène carbonné. La saignée en enlève une partie, ainsi qu'elle le fait dans l'asphyxie. Mais si l'on saigne alors beaucoup, il faut rendre en même tems à l'économie un principe d'action qui lui manque.

Le sang est le colporteur du calorique. Par la saignée on fait deux choses : d'un côté on diminue la pléthore sanguine, qui se répare facilement ; et d'un autre, on diminue l'excès du calorique ; et c'est sous se rapport que la saignée est rafraîchissante.

Cette évacuation du calorique par la saignée, évacuation à laquelle on a fait encore trop peu d'attention, nous explique comment de petites saignées répétées diminuent dans l'économie la chaleur, dans une proportion qui ne répond pas à la médiocre quantité de sang tiré. On voit comment la piqûre d'une sangsue derrière l'oreille suffit souvent pour résoudre la chaleur qui produisait spasme et convulsion au cerveau des enfans. C'est donc sous un double rapport qu'il faut considérer la saignée pour en bien déterminer les effets.

Des ventouses sèches et scarifiées dans les fausses couches et dans les hémorrhagies.

J'AI déjà dit que quand les femmes du peuple et celles de la campagne, ont fait des chûtes et qu'elles sont menacées d'une fausse couche, elles s'y opposent en appliquant sur la région ombilicale une écuelle de bois, qu'auparavant elles ont bien échauffée et frottée d'ail et ensuite d'eau-de-vie. Cette ventouse sèche, refoscille la matrice et raffermit l'union des différentes enveloppes entre elles.

Hyppocrate conseille dans les hémorrhagies de la matrice, des ventouses sèches et très-larges sur les seins ; mais il faut en user avec précaution, parce que ce moyen détermine quelquefois tant de sang à la poitrine, que j'en ai vu résulter un crachement de sang, qui fut bientôt appaisé, il est vrai.

L'effet des ventouses est de déterminer le fluide nerveux, le sang, les humeurs, vers les parties où on les applique.

Dans les hémorrhagies habituelles vers la matrice, dans celles qui paraissent entretenues par une humeur rhumatismale-goutteuse, qui produit engorgement, squirrhe, et enfin cancer, j'ai fait appliquer avec succès des ventouses sur les reins : on commence par bien faire gonfler la peau sous la ventouse au moyen d'une étoupe enflammée qu'on met dans cette ventouse, avant de l'appliquer ; ensuite on scarifie la peau et on en tire à volonté, par la ventouse réappliquée, une à deux palettes de sang, gélatineux, gluant ; on fait une révulsion, et l'on enlève même une partie du principe du désordre. Nous négligeons trop en France, surtout dans les maladies de la matrice, ce moyen dont les Allemands font usage jusqu'à l'abus ; c'est un puissant remède contre les rhumatismes, surtout contre les pertes habituelles, qui établissent des engorgemens à la matrice, d'où résultent squirrhosité et cancer.

Ce remède n'est que préparatoire à l'usage des fondans, des évacuans, des lavemens de toute nature, qu'on doit employer ensuite pour résoudre l'engorgement ; c'est le précurseur de tous les autres remèdes propres à s'opposer à une nouvelle hémorrhagie, et détermination sanguine.

De l'application du froid. Des douches d'eau froide. Du bain dans les fausses couches et hémorrhagies.

Le *froid* appliqué sur l'économie, s'oppose à l'écoulement du sang pendant les hémorrhagies. Le sang absorbe le calorique, et le calorique tient le sang en dissolution ; le froid en absorbant le calorique épaissit donc le sang. On observe en physique que par une ouverture donnée, en un tems donné, il s'écoule moins d'eau si elle est froide, et plus si elle est chaude. C'est ainsi probablement que l'application de la glace arrête les hémorrhagies, d'un côté en épaississant le sang, et de l'autre en diminuant sa circulation.

Les douches d'eau froide, faites avec une seringue sur le bas-ventre, ont arrêté des hémorrhagies à la suite de l'accouchement. C'est un moyen dont Sigault, avec lequel j'ai pratiqué la première opération de la symphise, se servait trop fréquemment. Je sais qu'il est des cas très-embarrassans, où toutes les forces se résolvent ; et dans ces cas le sang sort à flots, et la femme meurt en peu d'instans ; mais il faut savoir mesurer et les forces de la vie, et ce que la nature peut endurer d'hémorrhagie.

J'ai été souvent appelé pour remédier aux effets de ce moyen dont il avait fait usage jusqu'à l'abus.

Dans une perte effrayante, à la suite de l'accouchement, feu Labordere, médecin du comte d'Artois, fit mettre sa fille en un bain d'eau refroidie par de la glace ; elle fut sauvée, mais resta malade pendant un grand nombre d'années.

Je crois que l'on ne doit employer ces moyens extrêmes que lorsqu'un grand nombre d'autres ont été inutiles. Ce moyen, dans les grandes hémorrhagies, peut les arrêter; mais il est dangereux si on n'en répare l'effet. En général beaucoup de remèdes n'ont pas le succès attendu, parce qu'on ne sait pas employer à leur suite ceux qui doivent les seconder; il ne suffit pas d'avoir des remèdes, il faut connaître la méthode de les employer, de les accompagner et de les faire suivre d'autres qui les appuient

Le bain s'emploie dans les fausses couches et même à la suite de l'accouchement, lorsque le délivre, resté dans la matrice, menace de putréfaction.

J'ai souvent été appelé dans des circonstances de délivre resté dans la matrice, tantôt à la suite d'une fausse couche, tantôt à la suite de l'accouchement; la fièvre s'allumait, la putréfaction s'annonçait, tout menaçait de danger, et le bain, dans ce cas, a produit par enchantement la sortie du délivre.

D'après cet effet du bain, qui m'a paru étonnant, je me suis demandé : le bain rallie-t-il les fibres musculeuses, aponévrotiques, tendineuses, pour donner plus d'énergie à la matrice? est-il anti-putride? Je suis très-disposé à croire l'un et l'autre.

On vint un jour me chercher pour pratiquer l'opération de la symphise, sur une femme dont le bassin n'avait de diamètre de devant en arrière tout au plus que deux pouces trois-quarts, c'était son second accouchement, et dans le premier on avait été obligé de sacrifier l'enfant à la vie de la mère; elle était en travail depuis cinq à six heures, les eaux étaient percées et les douleurs commençaient à se ralentir : je la fis mettre pendant trois heures dans le bain tiède ; après ce tems, les douleurs redevinrent très-énergiques ; la tête se fila à travers le bassin, et elle accoucha heureusement d'un enfant vivant ; ce qui prouve l'avantage du bain quand les douleurs se ralentissent : néanmoins il ne faut pas toujours attendre des effets aussi puissans de ce remède.

L'eau dans ce cas, outre les propriétés que je crois lui avoir reconnues de rallier les fibres élémentaires, musculaires et aponévrotiques, m'a paru propre à soutirer l'excès de chaleur qui décompose l'économie. La scène change en mieux, la fièvre tombe : la sécheresse, l'irritation, la chaleur âcre de la peau se transmuent en moiteur : la matrice reprend des forces, et le plan externe se resserrant, tout ce qui est contenu dans la matrice est expulsé.

C'est sans doute d'après quelques faits de ce genre, que des Accoucheurs ont été induits à conseiller aux femmes, pendant leur grossesse, un usage fréquent des bains, pour accoucher plus heureusement ; mais on nuit à la nature en ne sachant pas employer convenablement les moyens mêmes dont elle s'aide le plus dans certaines circonstances.

J'ai vu cet usage fréquent des bains, porter vers la matrice et ses environs un tel relâchement qu'à la suite des couches, les femmes ont éprouvé, les unes des pertes, d'autres des chûtes de matrice et de vagin, et presque toutes des engorgemens séreux et lymphatiques ; en sorte qu'il faut être très-modéré dans l'usage des bains pendant la grossesse. Un bain chaque mois peut être utile, mais j'ai presque toujours vu une suite de bains pendant et sur la fin de la grossesse, plus ou moins nuisibles. En sorte qu'une suite de bains opère l'effet contraire d'un bain, dans le cas d'inflammation ou de putréfaction.

De l'usage du tampon et des injections, pour remédier aux hémorrhagies qui arrivent à la suite de l'accouchement.

Un Accoucheur de Dijon, observateur et praticien, a fait beaucoup usage du tamponnement de l'orifice de la matrice et de tout l'intérieur du vagin; il a cru, par ce moyen, s'opposer à toutes les espèces de pertes qu arrivent pendant les grossesse, pendant et à la suite de l'accouchement, et pendant toutes les autres hémorrhagies.

Son ouvrage trop volumineux, sans doute, mais enfin celui d'un praticien, prouve qu'en imbibant des linges ou de la charpie dans du vinaigre, en tamponnant l'orifice de la matrice, on arrête la perte qui a lieu, même à la suite de l'accouchement.

Il est certain que l'auteur a eu un grand nombre de succès; mais néanmoins on ne peut pas se dissimuler, d'après la lecture même de cet ouvrage, que si constamment les pertes ont été arrêtées, néanmoins quelquefois il en est résulté un désordre, dont les femmes ont été victimes dans les suites de leurs couches. C'est ce qui m'a mis en garde contre ce moyen, d'après les observatious mêmes pleines de candeur du chirurgien Leroux.

Ce moyen est vraiment précieux, mais il faut en considérer les suites en l'employant; c'est ce qui m'a engagé à le rectifier sous quelques rapports.

Il est véritablement intéressant de voir ce moyen arrêter les pertes dans toutes les circonstances de pertes, soit pendant la grossesse, soit lors de l'accouchement, mais il faut considérer sous quel rapport il peut nuire, il faut se demander pourquoi ce moyen ayant arrêté les pertes, néanmoins quelques femmes sont péries?

L'effet du tampon est d'empêcher l'issue du sang; mais pendant cette suspension, il se fait un engorgement, et souvent même une décomposition, une putréfaction, qui devient funeste à l'universalité de l'économie, si par des moyens médicinaux on ne lui donne pas la force récombinante et anti-septique.

Pendant tout le tems que le tampon ferme l'orifice de la matrice, la femme éprouve beaucoup de malaise, des maux de cœur, un état de faiblesse presque perpétuel; enfin après un tems plus ou moins long, quelquefois de cinq à six heures, d'autres fois d'un jour, d'autres fois de deux ou trois jours, il arrive des fourmillemens, puis des petites douleurs, qui deviennent le foyer des bonnes, et le tampon enfin est naturellement expulsé.

On doit sentir que plus le tampon a resté longtems avant l'arrivée de ces douleurs expulsives, plus il y a eu de stase humorale, plus par conséquent il y a de dispositions à la décomposition et putréfaction, plus alors ce moyen a d'inconvéniens.

J'ai cru remédier à cet accident, en commençant, dans tous ces cas de perte, par faire une injection spiritueuse dans la substance même de la matrice, et j'ai employé ensuite le tampon imbibé de spiritueux et d'astringens. Au moyen de ces injections précédentes, il m'a paru que je remédiais à tous les inconvéniens que peut avoir le tampon, souvent alors inutile; car les *injections* seules, portées dans la matrice dans tous les cas de perte, et surtout dans celles à la suite de l'accouchement, m'ont suffi souvent seules pour rétablir l'ordre ; et ce moyen m'a paru préférable, parce qu'il fait son effet bien plus rapidement, qu'il n'a rien que de fortifiant pour la matrice, et qu'il n'empêche pas l'usage du tampon.

L'étude des maladies des femmes dans Hyppocrate, m'a rendu bien moins timide que tous les modernes, sur l'usage des injections dans cet organe; il dit souvent : *injice in stomacum uteri*. Injectez dans l'estomac de la matrice.

Cet organe absorbe toutes les liqueurs qu'on lui injecte, il semble les digérer ; et ce n'est qu'au bout de quelques heures que la matrice réagit en ralliant toutes ses forces pour expulser l'hétérogène qu'on lui a injecté ; c'est ainsi que l'estomac ne rend un vomitif que quelque tems après l'avoir reçu.

A la suite de l'accouchement, lorsqu'une perte devient inquiétante, je fais promptement bouillir un peu de gros vin ; je le fais refroidir et le mêle avec moitié eau-de-vie ; j'injecte deux à trois cuillerées de ce mélange dans la matrice avec une seringue à canon courbe, par ce seul moyen le ressort se rétablit.

Dans les circonstances où une affection vénérienne est nichée dans la substance même de la matrice, j'ai injecté avec succès des liqueurs anti-vénériennes.

Souvent j'ai observé des phénomènes singuliers après de pareilles injections faites pour remédier à une foule de maladies de ce viscère. J'ai observé qu'avec une rapidité étonnante, l'odeur des liqueurs injectées revenait par la bouche : d'autres fois les liqueurs spiritueuses, même à très-petite dose, ont porté au cerveau le sentiment de l'ivresse.

En général la matrice rejette, au bout de quelques heures, tout ce qu'elle a absorbé d'étranger ; et par des injections de nature différentes, on peut fortifier cet organe directement, et lui administrer des astringens tels que l'alun, le bol d'Arménie, la teinture de mars, etc. — Raggi dit avoir fait cesser une hémorrhagie de la matrice, en injectant de l'esprit de vin dans le rectum ; j'ai eu le même succès en l'injectant dans la matrice elle-même ; et j'ai observé de grands rapports entre ce viscère et l'estomac, dont j'en parlerai ci-après à l'article des vomitifs.

Par ces mêmes injections, j'ai rendu à la matrice son élasticité ; j'ai tantôt dissipé des fleurs blanches ; et dans d'autres circonstances, j'ai fait cesser des pertes. Dans les hémorrhagies c'est un puissant remède, si l'on sait en même tems faire usage de tous les autres qui sont capables d'empêcher le retour de la détermination spéciale du sang vers cet organe.

Le tampon, dont Leroux de Dijon a vanté, et avec raison, l'usage dans les hémorrhagies de la matrice, pendant la grossesse et après l'accouchement ; ce tampon, dis-je, dans les hémorrhagies actives, qui surviennent dans les autres tems de la vie, est souvent inutile, et même quelquefois dangereux. Je l'ai employé dans ces derniers cas, et j'ai vu l'hémorrhagie revenir par le nez. D'après les symptômes qui l'ont précédé, j'ai reconnu que ce moyen aurait pu causer apoplexie : ayant un jour tamponné le nez dans une hémorrhagie du nez, il se fit une métastase sanguine sur tous les capillaires de la face, et le gonflement fut alarmant. Ce sont de semblables accidens qui prouvent aux Praciens qui observent, méditent et raisonnent, que dans les hémorrhagies, c'est surtout vers la détermination sanguine qu'il faut porter ses vues. C'était d'après de pareils phénomènes que les Sthaaliens avaient prescrit, mais à tort, de ne rien faire pendant la durée de l'hémorrhagie ; mais, avec raison, ils conseillaient, après l'accident, de tout employer pour en empêcher le retour. Car on ne s'oppose point au retour d'une hémorrhagie par un moyen purement mécanique. Dans ce cas, elle se produit d'un autre côté ; ce qui prouve la nécessité d'un traitement théorique et méthodique.

Je dirai ici en passant que la *situation* dans les hémorrhagies doit être de quelque considération. Dans les hémorrhagies de la matrice, la situation horizontale et même des pieds plus élevés que la tête est favorable ; elle est nuisible, ainsi que la courbure du corps en devant, dans les hémorrhagies du nez, du poumon ou de l'estomac, alors il faut la situation perpendiculaire.

De la perforation des membranes dans les hémorrhagies qui arrivent pendant la grossesse.

Cette méthode fut celle de Puzos ; il en fit une règle pour toutes les hémorrhagies alarmantes pendant la grossesse : je me suis élevé contre cette méthode très-dangéreuse et fatale aux mains des praticiens les plus prudens. Leroux de Lyon ne s'était attaché au tampon que parce qu'il avait reconnu tout le danger de la pratique de Puzos, qui ne peut être admise que quand la matrice est presque en inertie, et que la grossesse est avancée et le travail de l'accouchement commencé. Si ces circonstances ne se rencontrent pas, la matrice au lieu de se contracter et d'expulser le fœtus, souvent se phlogose et s'enflamme, d'où résulte des suites funestes.

Percer les membranes est donc un moyen douteux, auquel les Praticiens ne doivent recourir que quand ils ne peuvent pas en employer d'autres. Leroux en a reconnu l'insuffisance et le danger. Un Accoucheur moderne, dans son trop volumineux ouvrage, a encore conseillé ce moyen avec beaucoup de confiance et trop peu de prévoyance. Ce moyen, je l'ai dit, fut fatal aux mains de Lamothe, le plus prudent des accoucheurs.

Des narcotiques dans les fausses couches et hémorrhagies.

L'EFFET des narcotiques est remarquable et recommandable, lorsqu'une matière âcre, saline, se porte sur la matrice, l'irrite, excite un travail sensible et douloureux : alors on doit chercher à rendre douce et muqueuse cette matière âcre ; c'est avec justice qu'on dit qu'il faut mûrir l'âcre. Les narcotiques font changer de caractère à ces humeurs salines, ils les dulcifient.

Pendant le sommeil, le fluide de la vie se ramasse, se rallie dans l'économie ; les forces s'accroissent et se réparent : le sommeil fortifie donc ; et les narcotiques en le procurant augmentent donc la puissance nerveuse, quoique chimiquement ils la diminuent. Ainsi les narcotiques, sous certains rapports, diminuent la puissance vitale et ils l'augmentent sous d'autres. On voit que, sous ce double rapport, ce sont de puissans remèdes dans un faux travail d'enfantement.

Deventer en fit un très-fréquent usage. J'ai connu ici un Accoucheur empyrique, qui promettait aux femmes de les faire enfanter sans douleur et même sans s'en apercevoir. Quelques-unes osèrent se confier à ses soins; on me révéla ses moyens. Il faisait saigner amplement au début du travail, il donnait ensuite depuis un jusqu'à quatre grains d'opium, et livrait l'accouchement à la nature. Cette pratique assurément condamnable, mais qui néanmoins avait eu pour elle quelqu'apparence de succès, prouve que l'opium, dans une main habile, peut être utile dans certains travaux de l'enfantement. Il le sera surtout dans les cas d'écoulemens âcres et séreux, et d'affections catarrhales, accompagnées de fausses douleurs. J'ai vu souvent l'opium changer un faux travail d'enfantement, après quelques heures de repos, en un travail énergique, et les suites de l'accouchement être très-heureuses.

Dans les hémorrhagies actives, ils ne sont point des remèdes vraiment prophylactiques, parce qu'ils ne s'opposent pas à la détermination sanguine, mais ce sont d'heureux moyens accessoires.

Mais si l'opium, d'un côté, modère la force circulatoire dans les gros vaisseaux, de l'autre, il accroît la pléthore dans les capillaires : en sorte que, sous ce dernier rapport, les narcotiques provoquent les hémorrhagies plutôt qu'ils ne les arrêtent.

Les narcotiques sont des modérateurs puissans d'un nombre infini de remèdes auxquels on les unit; et dans les hémorrhagies ils sont très-utiles, surtout si on les combine au nitre, aux astringens, aux alkalis volatils, et si on les administre après les purgatifs et les vomitifs.

Des purgatifs et vomitifs dans les fausses couches et dans les hémorrhagies.

Lorsque l'embryon ou fœtus est sorti seul et sans ses enveloppes de la matrice, les sternutatoires et les vomitifs ont souvent alors opéré la séparation et l'issue du délivre. Par le grand sympathique, la membrane interne de l'estomac sympathise avec la membrane interne de la matrice. On agit indirectement sur celle-ci en agissant directement sur l'autre.

Déjà nous avons exposé que le bain tiède était un moyen puissant pour opérer l'expulsion des enveloppes devenues étrangères à la matrice ; mais l'effet est plus prompt et plus assuré si l'on emploie en même tems les vomitifs et les sternutatoires. On lit, dans l'ouvrage d'Harvée, l'observation d'une femme qui, en accouchant, était tombée en un assoupissement qui faisait craindre qu'elle ne pût pas être délivrée. Harvée, à l'imitation des anciens, lui donna des sternutatoires qui réveillèrent l'influx nerveux, et à chaque éternument arrivaient des douleurs qui enfin produisirent l'accouchement.

Mais les vomitifs produisent bien plus sensiblement vers la matrice l'afflux de la puissance nerveuse, et je les ai observés bien plus efficaces que les sternutatoires pour opérer l'accouchement et débarrasser la matrice de ce qu'elle contient d'étranger qui la gêne. C'est encore un moyen dont un empyrique a voulu faire un secret.

La membrane interne de la matrice continue souvent à végéter après la sortie du fœtus, ou végète d'elle-même par une autre cause que la conception. Elle devient quelquefois un polype ; j'emploie alors fréquemment, malgré les hémorrhagies, le vomitif; le polype alors est poussé plus rapidement au dehors, et la ligature en devient moins difficile à faire.

Les vomitifs sont surtout recommandables dans les hémorrhagies actives; et c'est précisément dans cette circonstance qu'on a craint de les employer, parce qu'on s'était fait une mauvaise théorie du mécanisme des hémorrhagies. Dans les hémoptysies où il semble qu'il faudrait plus les redouter, ils m'ont paru constamment salutaires.

Hyppocrate, dans le livre *de Natura Mulierbri*, de la Nature des femmes, section 1re, dit qu'à la suite des hémorrhagies, il faut donner un vomitif, et voici ses propres paroles, en traitant de l'hémorrhagie de la matrice : *Ubi fluxus sanguinis quieverit pharmacum bibendum dato à quo superna purgentur;* ce qui veut dire : donnez un médicament qui purge par haut. C'est un vomitif. Ensuite il ordonne le lait d'ânesse; puis après un purgatif énergique; puis le lait de vache; en d'autres endroits il ordonne ce lait froid ou chaud avec le caillé de veau.

Nous avons négligé l'art admirable avec lequel Hyppocrate prescrivait les vomitifs. Ce sont des puissans moyens pour rétablir l'équilibre de la force tonique entre les gros vaisseaux et les capillaires. Mais c'est surtout un des principaux moyens de s'opposer à la détermination hémorrhagique. Même pendant le tems de l'hémorrhagie, je les ai souvent employés sans balancer, et le plus souvent l'hémorrhagie a été ou arrêtée ou au moins très-modérée.

Une fausse théorie considérait les hémorrhagies, même actives, comme l'effet de vaisseaux rompus et brisés, et l'on doit sentir qu'elle était effrayée des secousses d'un vomitif qui lui semblait propre à mettre toute la machine en rupture et en dissolution ; cette crainte puérile a produit une pratique insuffisante, ridicule et fatale.

Mais en considérant, comme le fait Hyppocrate, les hémorrhagies actives comme des fluxions, comme des aberrations de mouvemens vitaux et de calorique qui s'échappe du sang, il est évident qu'il faut une médecine agissante pour redonner ou rétablir la coordonnance des mouvemens de l'économie; cette médecine doit être raisonnée et méthodique ; et ce fut celle d'Hyppocrate qui fut appelé, pour cette raison, le chef des méthodistes. L'on se trompe fort, si l'on croit que la médecine d'Hyppocrate, appuyée sur l'observation, n'est pas une médecine théorique ; il n'existe aucun ouvrage de médecine qui renferme plus de théorie, fondée sur l'observation et l'expérience.

Les purgatifs qu'Hyppocrate donnait dans les hémorrhagies actives après les vomitifs, déterminent sur le canal intestinal une fluxion humorale, et empêchent que la nature ne s'occupe autant d'une fluxion sanguine sur la matrice.

J'avais un jour conseillé à une femme un purgatif drastique à la suite de plusieurs hémorrhagies de la matrice. Elle allait prendre le remède lorsque l'hémorrhagie survint. Je fis prendre le remède malgré l'hémorrhagie : elle s'arrêta : la purgation fut énorme et la perte ne revint plus. Je donnai le quinquina, joint à quelques autres diaphorétiques, pour m'opposer à la détermination sanguine, et la guérison d'une hémorrhagie qui durait depuis plusieurs mois fut complettement terminée.

Des mucilages, employés dans les hémorrhagies, soit comme remèdes, soit comme nutritifs.

LA mauvaise doctrine qui s'était introduite sur les hémorrhagies, la manière de les considérer toutes indistinctement comme l'effet de rupture de vaisseaux, avait fait croire qu'il fallait recoller, agglutiner tous les vaisseaux de l'économie. D'après quoi, on a conseillé, dans toutes les hémorrhagies, les mucilages de toutes espèces. Ç'a été tantôt la gomme arabique, tantôt le mucilage de riz; puis celui des farineux, puis la grande consoude, enfin la colle forte même, et encore quelque chose de plus agglutinant, savoir, la colle, faite avec la peau d'âne. On a donné tous ces remèdes indistinctement dans toutes les hémorrhagies. Mais toute cette mauvaise pratique a été fatale au genre humain.

Lorsque les hémorrhagies sont passives, et qu'elles sont dues à un âcre qui tient le sang en dissolution, alors quelques mucilages peuvent bien empâter ces âcres; et dans les climats excessivement chauds où ces âcres sont terribles et la dissolution extrême, ils peuvent être très-profitables; mais en nos climats tempérés, on en a fait un abus bien condamnable, en les employant uniquement et trop long-tems dans les hémorrhagies actives, et surtout en les regardant comme des remèdes prophylactiques. Ces mucilages n'empêchent nullement la détermination hémorrhagique, ils ne suffisent donc pas seuls pour s'opposer à son retour.

Ils ne sont pas seulement inutiles, ils sont nuisibles, parce que n'ayant pas fermenté, ils exigent une grande force digestive pour être subjugués par les sucs digestifs. Ces mucilages non décomposés, et seulement un peu subjugués par la cuisson, passent dans l'économie en leur état naturel, et l'abus qu'on en fait établit dans la lymphe un hétérogène muqueux, et dans toute l'économie un état humoral qui change l'hémorrhagie en humoragie.

On regarde, avec raison, les bouillies et les mucilages non fermentés comme une des causes de la mortalité des enfans. Mais n'est-il pas ridicule de donner ces mêmes mucilages non fermentés dans les hémorrhagies lorsque l'économie est affaiblie, et d'en augmenter la dose, et même d'insister spécialement sur leur usage en proportion que la vitalité va diminuant? Une foule de médecins, peu philosophes, offrent journellement dans leur pratique l'image de pareilles inconséquences.

Assurément il ne faut point bannir les mucilages de la pratique de médecine; ils ont leurs avantages; mais il faut que l'usage en soit modéré, et l'abus en devient fatal quand on ne connaît pas leur action, et qu'on attend d'eux un effet qu'ils ne peuvent produire. Leur long usage est un abus.

Lorsque l'épuisement est arrivé à la suite d'un grand nombre de pertes, l'usage du lait, conseillé par Hyppocrate, serait infiniment préférable à celui des mucilages non fermentés dont on abuse. Il faudrait surtout auparavant employer, comme il l'ordonne, les vomitifs, les purgatifs: nous avons le quinquina, les amers, et une foule de remèdes précieux.

Peut-être que les sucs animaux répareraient plus rapidement; mais il faut observer qu'ils donnent à l'économie un calorique dont elle est alors incommodée, parce qu'il a peine à se combiner; il existe alors un état d'inanition auquel il faut remédier avec intelligence. L'art de nourrir et de réparer l'économie est trop peu connu en médecine. Sur cet objet, les livres d'Hyppocrate sur la diète, sont admirables. C'est là que la théorie la plus étendue est fondée sur les plus délicates observations.

Des acides végétaux et minéraux employés dans les hémorrhagies.

Nous avons considéré, dans les hémorrhagies actives, l'état de tension, de frisson, de chaleur, la fréquence du pouls, l'écoulement du sang inflammatoire : tous ces symptômes nous ont paru l'effet d'un calorique qui se produit, se développe et erre dans l'économie.

Tout ce qui peut se combiner au calorique, est un remède dans les hémorrhagies actives commençantes. C'est pour cette raison que les sucs des végétaux non fermentés, les acides du citron à grande dose, sont de si puissans remèdes : ils s'opposent au développement du calorique ; ils se combinent à lui : ils sont plus susceptibles de combinaison dans l'économie, que les acides minéraux, ou que les acides végétaux qui ont déjà fermenté ; mais tous ces acides sont insuffisans pour s'opposer à la détermination, c'est-à-dire au retour de ces mêmes hémorrhagies.

Des acides minéraux celui du vitriol spécialement a été consacré dans ces sortes de maladies.

L'eau de Rabel, qui est le mélange de l'esprit de vin et de l'acide vitriolique, est la panacée de tous les ignorans dans les hémorrhagies : cet acide est alors peu capable de modifier heureusement l'économie.

Un usage médiocre de ces remèdes pourrait être utile, et utile sous le rapport qu'il diminue l'excès du calorique, et suspend l'ordre des mouvemens. Mais comme ces remèdes sont administrés empyriquement, l'abus qu'on en fait, enlève à l'économie son calorique constituant; et après avoir trop long-tems abusé de ces moyens, les hémorrhagies continuant toujours de revenir à des périodes réglés, sans que l'état hémorrhagique cesse, l'économie perd son calorique constituant, passe à l'état d'humoragie. Ces remèdes sont bien astringens; mais ils ne sont pas capables de coordonner les mouvemens du centre à la périphérie.

Ainsi ceux qui ignorent la doctrine des hémorrhagies, ne savent administrer dans les pertes que de l'eau de riz et de l'eau de Rabel; et j'ai vu, avec ces moyens employés opiniâtrément, un grand nombre de malades conduites à leur perte ou à la porte du tombeau : en général le régime anti-phlogistique n'est pas seul capable d'empêcher le retour des hémorrhagies. Donc il ne convient plus quand il n'y a plus de grande chaleur, et que néanmoins la maladie continue. Si alors on emploie et les mucilages et les astringens, ce doit être conjointement avec d'autres moyens propres à redonner à l'économie un calorique pur, capable de rétablir l'harmonie des différens mouvemens vitaux qui a été troublée.

Du Nitre.

HOFFMANN faisait un très-grand cas du nitre dans les hémorrhagies actives ; et j'ai vu un grand nombre de médecins l'employer avec beaucoup de succès dans une foule de circonstances, et particulièrement dans les fièvres putrides, ainsi que dans les dispositions gangreneuses, etc. etc.

Ce remède absorbe dans l'estomac le calorique libre de l'économie, et surtout celui-ci qui se produit par la décomposition. Si l'on applique sur l'estomac le thermomètre, après avoir pris du nitre, qui n'est pas complettement dissous dans l'eau, le thermomètre baisse de quelques dégrés.

L'économie est avide de l'azot constituant de l'acide nitreux ; d'un autre côté, le calorique s'unissant au nitre, ce sel dissout, combiné, parcourt toute l'économie, et finit par se porter à la surface ; après quelques jours, même quelques heures, de l'usage du nitre à de petites doses et plusieurs fois dans la journée, il s'établit des sueurs abondantes et salutaires.

Ce remède change donc les déterminations des hémorrhagies ; il porte du centre à la périphérie, ce que ne font pas aussi parfaitement que lui aucuns autres sels neutres. Ce n'est donc pas sans raison qu'Hoffmann vantait beaucoup l'usage du nitre dans un grand nombre de maladies, spécialement dans les putrides et inflammatoires ; mais il en faisait un remède spécial dans les hémorrhagies.

Dickson, auteur anglais, dit que dans les hémoptysies, qu'il a vu en très-grand nombre, le nitre lui a paru aussi efficace que l'est le quinquina dans les fièvres intermittentes ; pour moi il m'a paru également précieux dans les maladies inflammatoires, putrides, malignes. On donne en ce cas le nitre uni au camphre ; j'insiste, à plus grande dose qu'on ne le fait, sur le nitre.

Il est néanmoins des circonstances où ce remède doit être mis en usage avec modération.

Presque toutes les hémorrhagies qui arrivent pendant la grossesse, sont des hémorrhagies passives, et le nitre est loin d'y être aussi recommandable que dans les hémorrhagies actives.

J'ai vu, par une erreur de ce genre, périr une femme extrêmement intéressante. Elle arrivait à la fin de la grossesse ; elle eut une perte légère, effet mécanique du trémoussement qu'avait produit sa voiture : on lui administra beaucoup d'eau nitrée ; il se fit un refroidissement dans toute la région de l'estomac ; l'humeur laiteuse se coagula dans la région épigastrique et hypogastrique, et en peu de jours elle périt victime de l'ignorance. Si on ne lui eût administré aucun remède, la force de sa santé et de son tempérament eussent surmonté une indisposition momentanée et même légère.

Des Astringens.

Cette classe de remèdes est très-mutipliée, et l'action de leurs différentes espèces est également très-différente dans l'économie.

Les uns opèrent des changemens, en ralliant les principes constituans des solides et des fluides et en augmentant la vertu tonique et contractile. Tels sont les astringens médiocres rendus perméables en l'économie par leur union à des boissons aqueuses.

D'autres absorbent une humidité principe, qui sépare entr'eux les élémens primitifs et constitutifs des solides, tels sont les absorbans, qui sont des toniques d'un genre spécial. Ces absorbans sont recommandables dans les hémorrhagies qui dépendent d'un principe âcre, pituiteux, d'une humidité saline, érésypélateuse, dissolvante, qu'il faut neutraliser par des terres minérales ou végéto-minérales.

D'autres diminuent la mobilité générale, influent sur la puissance nerveuse pour éteindre son excès d'énergie ; tels sont les astringens sédatifs et minéraux, telles sont les préparations de plomb, qui arrêtent, suspendent les mouvemens vitaux.

D'autres enlèvent à l'économie la chaleur vague errante et le calorique échappé de ses liens. De ces remèdes, les uns se décomposent ou se dissolvent en l'économie : tels sont les sucs végétaux non fermentés, les autres se décomposent moins, mais arrêtent et suspendent les mouvemens et la vibralité ; ils absorbent l'élément vital : tels sont les remèdes salins minéraux, l'alun, le vitriol, etc. etc.

D'autres, d'un côté, donnent quelques principes à l'économie, et de l'autre, en absorbent d'autres ; tels sont les astringens végétaux, tels le kina, la noix de galle, et tous les sucs végétaux astringens, qui donnent un principe d'une nature et en reprennent un d'une différente nature : leur rapide action chimique sur la fermentation peut rendre raison de leur action chimique sur l'économie animale vivante.

D'autres fois pour opérer des effets plus multipliés et plus combinés dans l'économie, et par conséquent plus appropriés à la nature différente des mouvemens hétérogènes, ont fait des combinaisons de ces différens remèdes, qui modifient à la fois différentes sortes de mouvemens et en donnent à la fois plusieurs nouveaux.

Le kinkina arrête la périodicité des fièvres intermittentes ; il arrête aussi celle des hémorrhagies. Mais ce remède, qui n'est pas sans raison appelé la panacée des modernes, augmente la diathèse inflammatoire. Il ne faut donc pas le donner quand il y a un excès de calorique constituant et de calorique libre ; il ne faut pas le donner quand il a encore excès de force tonique ; ce n'est donc que sur la fin des hémorrhagies, lorsque l'économie est refroidie, qu'on doit employer cet astringent, qui en même tems qu'il arrête la périodicité, donne, par sa force tonique, un principe vivifiant à l'économie ; mais il faut souvent le mêler aux évacuans. Il faut ici bien diriger ses moyens, car l'abus est tout à côté de l'usage.

Le célèbre Van-Swieten lui-même donna le kina pour s'opposer à l'avortement chez une femme frêle, qui avait été menacée de perte pendant sa grossesse. Il produisit au contraire une fausse couche par la force tonique qu'il imprima trop fortement à l'économie. Ce fait eu lieu chez la ci-devant duchesse de C., et Van-Swieten procura lui-même l'avortement qu'il voulait éviter. Ces principes bien médités pourront expliquer l'action différente des différens astringens, et donner au médecin philosophe des vues sur leur administration, et dans les hémorrhagies et dans les fièvres intermittentes.

Ainsi donc lorsqu'au commencement des hémorrhagies on ne veut qu'arrêter modérément la fougue des mouvemens hétérogènes ; lorsqu'on veut

7

seulement alors modérer, absorber le calorique en aberration; alors, après de larges saignées, on donnera des vomitifs, et on emploiera les acides végétaux à grande dose, et le nitre combiné à quelques terres absorbantes.

A-t-on besoin de remèdes plus énergiques encore que ces acides végétaux pour arrêter les mouvemens vitaux? Alors, non-seulement les terres absorbantes combinées à l'acide végétal, mais encore l'alun qu'Helvétius a invité de donner jusqu'à trois à quatre fois par jour à la dose d'un demi-gros; enfin quelques préparations saturnines même, telles qu'un grain à deux par jour de sel de saturne combiné dans des opiats diaphorétiques et purgatifs. Ces moyens arrêteront les mouvemens hémorrhagiques.

On peut donner ces divers astringens combinés à d'autres remèdes. Ainsi Hoffman mélangeait parties égales de colchotar, de sel fusible d'urine, d'alun brûlé et de sucre candi; et par ce remède, donné à dix ou douze grains, quatre à cinq fois par jour, dans une cuillerée d'eau rose, il modifiait l'économie des femmes, attaquées d'hémorrhagies, surtout ayant employé les remèdes préliminaires de la saignée, du nitre et des purgatifs; ce grand médecin rétablissait facilement l'ordre dans l'économie; il lui redonnait l'équilibre de son élasticité, et guérissait des hémorrhagies qui, pour tout autre que pour lui, paraissaient incurables. D'autres fois il employait un mélange de vinaigre distillé, et d'os d'animaux, à demi-calcinés; il mêlait le tout à des eaux aromatiques.

Il n'y a pas jusqu'aux remèdes empyriques, qu'on ne puisse et ne doive ramener à une véritable théorie: ainsi l'on a vu des empyriques guérir des hémorrhagies qui étaient habituelles depuis long-tems, en donnant tous les jours au malade, le soir et le matin, du lait chaud, qu'on fait avaler immédiatement après y avoir dissous une cuillerée à café de caillé de veau. C'est un astringent animal doux et nutritif; c'est un aliment doux, modérateur des mouvemens animaux.

De même qu'à la fin des fièvres malignes, il faut donner des remèdes qui au commencement eussent provoqué leur intensité, tels que les diaphorétiques et les alkalis volatils; de même lorsque les hémorrhagies ont épuisé l'économie, il faut faire un heureux mélange et des astrigens et des diaphorétiques et des alkalis volatils, parce que l'économie refroidie a besoin qu'on lui donne un calorique constituant qu'elle a perdu. Silvius d'Elboé recommande instamment ces remèdes pour les hémorrhagies obstinées. D'un autre côté, l'économie a besoin de secousses, qui portent les mouvemens du dedans au dehors, et ces remèdes volatils diaphorétiques, sont heureusement secondés par les efforts qu'ont opéré les vomitifs.

C'est surtout quand les pertes durent depuis long-tems, qu'il faut, par un art admirable, arrêter, d'un côté, les mouvemens habituels hémorrhagiques et funestes de la nature; et sous ce rapport de vigoureux astringens sont nécessaires; mais de l'autre, il faut des mouvemens énergiques, vigoureux du centre à la périphérie; il faut de la chaleur; il faut imprimer des mouvemens pour vaincre ceux qui sont funestes; et par l'heureux usage, l'heureux mélange de ces diaphorétiques et astringens, on porte les mouvemens du centre à la périphérie ; on porte le ressort dans chacune des fibres constituantes et élémentaires.

On aurait tort de traiter tout ceci de vaine théorie, c'est un pur résultat d'une foule de faits, d'expériences et d'observations ; et l'on peut réduire à ces principes tout ce que l'on trouve dans les grands maîtres, qui ont bien traité des hémorrhagies, tels qu'Hyppocrate, Sthaal, Hoffman, et autres, parmi les modernes.

Topiques.

DANS les cas d'hémorrhagies de la matrice, une foule de diverses injections, telles que des vins bouillis en une grenade, et autres stiptiques astringens, ainsi que des topiques, ont été conseillés : beaucoup de ces remèdes empyriques ont eu un succès auquel on ne s'arrête point malheureusement assez, parce que l'on ne cherche pas, comme le conseillait Hypprocrate, à profiter des succès des empyriques, et à ramener ces succès à des principes.

Ainsi l'on a vu quelquefois des épithêmes composés d'astringens végétaux, tels que la bourse à pasteur, la tormentille des mousses, etc., appliquées aux quatre extrémités, modérer les pertes.

D'autres fois le cresson, le bécabunga, cuits, mêlés à ce qu'on appelle la poulnée ou fiente de poule, appliqués chauds sur l'ombilic, ont eu beaucoup de succès dans les hémorrhagies chroniques de la matrice, sans doute par leur vertu stimulante, fortifiante, vivifiante et résolutive ; tous ces remèdes empyriques ne doivent point être dédaignés des plus grands maîtres. Les hémorrhagies sont des maladies si obstinées, que l'on ne saurait avoir trop de moyens pour s'y opposer.

Dans les accès d'hémorrhagies où l'on craint les effets de l'épuisement, effet de l'évacuation sanguine, j'ai plongé, avec succès, les mains de chaque côté en un mélange d'eau tiède, et à partie égale et d'eau et de bon vin. Ce moyen remédie à la faiblesse.

Les vésicatoires ont été conseillés par quelques médecins anglais, après les longues hémorrhagies. Ces remèdes, selon eux, font la solution de cette constriction spasmodique, qui cause inégalité de ton dans les gros vaisseaux et dans les capillaires. Ayant eu souvent à traiter des hémorrhagies, j'ai eu occasion d'observer l'action de presque tous les médicamens dont j'expose ici le détail.

J'ai constamment observé que quand les femmes sont menacées de longues hémorrhagies au retour d'âge, les cautères et les vésicatoires sont utiles.

Mais dans les hémorrhagies actives, qui durent depuis long-tems, je n'ai pas vu qu'ils produisent les mêmes avantages.

Chez une femme de trente-cinq ans, dans une hémorrhagie qui durait depuis long-tems, et la conduisait à une cachexie humorale, deux larges vésicatoires que je fis appliquer aux jambes produisirent une infiltration dans tout le tissu cellulaire; je revins aux vomitifs réitérés, aux alkalis volatils, à des terres animales absorbantes; et par cette méthode combinée, je la rendis enfin à la santé.

Enfin je n'ai point négligé le moxa lui-même, surtout dans les hémorrhagies passives entretenues par l'obstruction du foie, ou par celle de la rate, ou enfin par un engorgement et de la substance de la matrice et de ses environs. J'ai suivi le conseil d'Hyppocrate. J'ai brûlé plusieurs moxa et sur la région du foie, et sur la région de la rate, et sur la région ombilicale, et même sur celle du sacrum; et j'ai vu que ce n'est pas sans raison que les anciens regardaient le feu comme le plus grand des remèdes, et que chez les nations aujourd'hui barbares, et qui possédèrent autrefois les sciences, il est resté le moyen simple, unique et facile, dans leur état de misère, de remédier à presque tous les maux que leur donne la nature. J'en ai fait souvent usage, et presque toujours avec un succès étonnant.

Je me propose, en un traité sur la matrice, de développer ultérieurement tout ce que je viens de vous exposer.

TABLE

DES MATIÈRES.

FIN DE LA TABLE.

www.ingramcontent.com/pod-product-compliance
Ingram Content Group UK Ltd.
Pitfield, Milton Keynes, MK11 3LW, UK
UKHW022119190726
13855UKWH00003B/953